王爾德故事集

Fairy Tales of Oscar Wilde

世紀名家

目錄

推薦序 004

編者的話 014

關於愛

第一章 快樂王子 018

第二章 夜鶯與玫瑰 032

付出

第三章 忠誠的朋友 042

第四章 自私的巨人 056

智慧

第五章　了不起的火箭　064
第六章　少年國王　078

真心

第七章　西班牙公主的生日　092
第八章　漁夫和他的靈魂　104
第九章　星之子　120
關於王爾德　134
溫故、發想、長知識　148

推薦序

彭菊仙 暢銷親子作家

我的童年是一段沒有故事書的歲月，因為爸媽忙於生計，僅是讓我們四個孩子吃飽穿暖就已筋疲力竭，關於孩子的娛樂甚或心靈需要的滋養，爸媽是沒有餘力可以照顧的。我依稀記得家裡只有兩本不知從哪兒流傳來的故事書：《愛麗絲夢遊奇境》和《木偶奇遇記》，它們是我們對於童話的所有想像，兩本書原本就已破破爛爛，被我們四個姊妹反覆蹂躪，最後沒了封皮、零散分屍。為什麼呢？因為經典故事就是值得一看再看、百看不厭！

長大後，我才有機會一一彌補童年裡沒有緣分相遇的經典兒童文學，但是很遺憾的是，這些故事我多半已經耳熟能詳，還沒來得及細細咀嚼文字，大量的動畫已經綁架了我對於故事聲光畫面的想像，我很不希望我的孩子用這樣的方式來接觸經典名著。

雖然，這一代的孩子已然來到一個被豐富故事書包圍的優渥年代，然而，這世界卻仍然將經典兒童文學拋出腦後。因為當孩子深陷於迷亂挑逗的3C世界時，他們對於書本早不屑一顧，更遑論沉浸於閱讀經典名著的樂趣之中。

藉由這次目川文化規劃的系列，我再次回歸到當年與兩本童話相遇的純淨想像世界中，我似乎又恢復了一個孩童本然應該具備的自由奔馳心靈，在故事裡盡情遨遊，甚至幻化為故事裡的主人翁，經歷驚險刺激的冒險歷程，並在過程中細細體悟人性裡的至真至誠與至善。

我也頗喜愛小品《世紀名家：王爾德故事集》，它能讓孩子看到無私奉獻的典範，但充滿想像力的角色塑造、淒美的情節，又不落俗套、引人入勝。它能帶給孩子許多的啟發，使他們從小就學會思考，並能選擇好的行為。

我很喜歡目川文化這次規劃的書目，國際多元，題材包羅萬象：有冒險、有想像、有科學與自然的題材、有淵遠流長的傳說，都是歷久彌新的必讀文學名著；在編排上，字體大小適當，章節分明，孩子可以毫不費力的自行閱讀。

我鼓勵爸媽引導孩子，一本接一本有系統的閱讀，不僅能提升孩子賞析文學的能力與視野，最主要的是，經典作品的主角人物都帶著強大熾烈的感染力，能毫不費力地博得孩子深度的認同，在潛移默化間，高潔的思想便深植於孩子的心底，行為氣度因此受到薰養而不凡。

沈雅琪 神老師&神媽咪、長樂國小二十年資深熱血教師

接了高年級很多屆，我發現現在的孩子普遍閱讀量不足，書讀得不夠，相對文章就寫不出來，寫作技巧教再多都是枉然。

為了要改善孩子寫作困難的問題，我開始每天留至少半個小時到一個小時的時間，讓孩子從少年雜誌、橋梁書開始閱讀，這段時間得要完全靜下來專注的閱讀。

剛開始對於沒有閱讀習慣的孩子來說，這是一件痛苦的事，往往不到三分鐘就想要站起來換書，可是慢慢的習慣以後，我發現孩子專注的時間開始拉長，有些孩子閱讀課的時間看不完，會連下課時間都把課外書拿出來閱讀，偶爾還會來跟我討論書中的內容，跟我分享書中精采的片段。

孩子的閱讀培養是一條長遠的路，在3C科技發達的環境下要讓孩子們放下手上的手機，而去享受書中故事的趣味、去體會文章中詞彙的優美，是需要花很多時間和心思的。為孩子們選擇正向而有趣的書籍，讓他們對閱讀產生興趣，這是最值得的投資。

目川文化精選這套書，有幾本是我們耳熟能詳的世界名著，可是很多孩子完全沒有接觸過。收到書的初稿時，孩子們分配到的書讀完了，還意猶未盡的跟其他孩子交換閱

讀，一本又一本地統統讀完。小孩的感受是最直接的，看他們對這套書愛不釋手，我就知道這是一套非常值得推薦的好書。

孩子從書中得到很多的樂趣和啟發，孩子看這些故事的角度，跟我有很大的不同。透過孩子筆下的敘述，我也重新回顧了一次這些故事，得出了另一番的感受。看到他們寫出從故事中獲得的領悟、看事情的角度，都讓我很欣喜。他們能夠用正向的角度去思考，正反映出我們給孩子的教育成功了。

以下就是班上小朋友針對本書所寫的一篇心得，其他則收錄在各書：

故事中的「快樂王子」以前也曾是一個人，但現在成了一座華美的雕像。看似什麼都做不了的他，卻在暗中默默的幫助別人。

一切要從快樂王子遇到小燕子說起，小燕子因為沒跟上同伴們，再加上快樂王子不斷的請求，因此當了快樂王子的信差。自此之後，他們不斷的幫助別人，但令我佩服的是，快樂王子不惜犧牲自己身上的所有東西，也要幫助別人度過困難。這種精神可不是人人都有的，或許很多人願意幫助他人，但願意像快樂王子這樣，犧牲自己來幫助他人的人，卻是少之又少。

我覺得不一定每個人都要像快樂王子一樣，但至少要有顆善良、願意幫助他人的心。很多人對於身邊很多的人、事、物都覺得與自己無關，因此漠不關心。舉例來說，在一個班級裡，有一些學習能力差的、又或是人緣不好的同學，比較內向，大家也不會主動去關心他們，自然而然他們也就覺得沒有人願意和自己當朋友、更加自卑。這種情況在每一個團體裡都有。有時候我們可能根本沒有注意到身邊有這樣的人，自然也不會想說：「有沒有人需要關心或幫忙？」如果我們每一個人都可以多多關心身邊的人，多去注意是不是有人需要幫忙，或許這些人就不會覺得受到冷落了。

這本書每一個故事給我的啟示都不同，也各有各的意義，等待大家去體會。

（黃奕瑄　撰寫）

游婷雅　閱讀推手節目主持人、閱讀理解教學講師

王爾德童話不只是童話

有許多小學生會在課本裡讀到改寫過的王爾德童話，像是〈快樂王子〉、〈自私的巨人〉。礙於篇幅的限制，課文往往需要做許多縮減，雖保留了精華，卻也失去了作者在原著中精心設計的鋪陳敘述，著實可惜。若孩子在課餘能夠自行閱讀較長篇幅的經典

原著，或許能夠從中體會到不同的主旨與意涵。〈快樂王子〉裡的王子與小燕子之間的關係，以及〈忠誠的朋友〉裡的大修與小漢斯之間的關係有沒有相同和相異之處呢？〈自私的巨人〉與〈少年國王〉這兩個故事有沒有什麼異曲同工之妙呢？王爾德透過〈少年國王〉與〈快樂王子〉這兩個故事告訴我們什麼呢？〈西班牙公主的生日〉中的小矮人與〈快樂王子〉中的王子最後都有一顆破碎的心，王爾德用「破碎的心」告訴我們什麼？

婷雅老師讀到的是：小燕子是快樂王子的忠誠朋友，一直順從王子所提出的要求，並且無怨無悔地付出；小漢斯也同樣對大修做出了奉獻，只為換得大修的友誼。但是快樂王子為的是幫助需要幫助的人，並不像大修只為自己的利益。〈自私的巨人〉與〈少年國王〉分別受到爬不上樹的哭泣小男孩以及夢中的景象所引導，開始站在另一個角度思考自己的所作所為，並且加以修正。王爾德似乎透過〈快樂王子〉和〈少年國王〉告訴我們，關在城堡裡享受榮華富貴，是無法獲得真正的快樂的。王爾德在〈西班牙公主的生日〉的結局裡安排小矮人心碎，〈快樂王子〉最後也是一顆破碎的鉛心，作者似乎常用破碎的心來為結局劃上一個悲傷的句點。這是婷雅老師讀到的，那你呢？說說你自己的想法吧！

王爾德的童話不只是童話，讀完每一篇之後，都值得闔上書細細思量、好好討論。

陳蓉驊 前南新國小熱心閱讀推廣資深教師

超越童話之外

王爾德的童話裡，不乏王子、公主和小人魚等傳統角色，但不再只有美麗的想像和快樂的結局，而能展現超越童話之外的內涵。走進王爾德童話世界，可能開始思考何謂真正朋友的定義，開始斟酌愛情與靈魂的選擇，開始重建美麗與醜陋的界線，開始探索死亡與永恆的課題……這就是王爾德童話獨一無二的動人力量。

假如你看膩了「王子和公主從此過著幸福快樂的日子」美麗結局式的童話故事，王爾德風格獨特、超越童話的故事定能帶給你新鮮感，也絕不會讓你空手而歸。

英國天才作家王爾德一生只留下九篇童話，為什麼能與童話之父安徒生齊名？打開《世紀名家：王爾德故事集》，我們就能明白，他把對人性的深刻觀察及對社會的關懷，通通寫進故事裡。用華麗優美的辭藻，搭配卓絕的想像，寫盡人世間的美麗與醜惡，讓讀者既高聲讚揚，又低頭默想。

如〈快樂王子〉裡小燕子，帶著我們一起俯瞰世間的苦難，全心追隨大愛無私、傾盡一身救苦濟貧的王子，最終為愛而死，讓我們在感傷之餘，更讚嘆他們竭盡心力消弭別人不幸的高貴情操。

而「自私的巨人」發現，小孩子的笑臉是最美麗的花朵，唯有砍倒心中的圍牆，花園的春天才會到來；他因真心的付出與分享，最終得到豐盈的快樂與內心的安詳。

連愛美的「少年國王」也看見了華麗背後的汗水與愁苦，選擇與窮人站在一起，感動上帝為他加冕。同時帶領我們重新衡量世界上真實的貧窮與富有，學習到不能把自己的快樂建築在別人痛苦上的道理。

還有失去美貌的「星之子」找回最珍貴的憐憫之心，為自己曾犯下的過錯贖罪、祈求饒恕，教我們拿愛、親切和仁慈對待窮人、鳥獸，像星星一樣照亮人性、帶來暖意。

這九篇故事寓意深遠，值得我們再三品味，發現當中如寶石般的寶藏，結局常令人意想不到，文字描述又極盡華美，可說是超越童話的偉大傑作。

劉美瑤 兒童文學作家、臺東大學兒童文學研究所

王爾德童話裡的「不忍之心」

英國劇作家王爾德留下了九篇精妙絕倫的童話故事，雖然這些故事不像傳統童話那

樣有著世俗熟悉的皆大歡喜結局，但是，從來沒有一個童話作家像王爾德這樣，以如此唯美的筆法向讀者呼籲「不忍」的重要。

在〈快樂王子〉裡頭，王子因不忍百姓受苦，所以甘願褪盡華美尊貴濟助貧困，他也因為不忍，所以才會在目睹燕子死在腳邊那一刻，胸膛裡頭那顆鉛做的心跟著碎成了兩半。又如〈夜鶯與玫瑰〉裡的夜鶯因為不忍年輕人受苦，所以甘願犧牲自己成全年輕人的愛情。

王爾德在這些故事裡頭大量運用對比技巧突顯不忍的可貴，例如在〈忠誠的朋友〉中用涼薄的人性，烘托因不忍朋友受難而犧牲的小漢斯，其情操多麼高貴。又如俊俏卻自大暴虐的〈星之子〉，後來因容貌變得醜陋而習得慈善謙卑。此外，王爾德又以冷靜的第三人稱筆法，節制角色的情緒，使故事不至流於煽情。

至於關涉死亡、欺凌等哀傷的情節，王爾德使用唯美浪漫的詞藻，巧妙地將哀傷給予柔焦、淡化處理，使故事產生一種奇幻、如詩似夢的氛圍。譬如〈自私的巨人〉結局，他讓年老的巨人揉一揉眼睛，就來到了開滿白花的天上國度，而孩子們看到死去的巨人，則是面容安詳，身上蓋滿潔白的花朵。

透過這些文學技巧的修飾，使得故事裡的控訴與悲悽，變得輕盈而不沉重，而且，讀者會因文中的對比，去思索人生究竟應該追求什麼？是榮華富貴？是美貌俊俏？都不是，是一顆「不忍」的心，一副無私的悲憫心腸，這才是王爾德想要傳達給讀者的訊息。王爾德想告訴讀者，雖然成長如同故事敘述那樣，難免伴隨疼痛與哀傷，難免有醜惡、不義，但是「不忍之心」將會成為我們行走在黑暗路上的竿與杖，引領我們找到真善美的樂園。

編者的話

一說到童話，你會想到什麼呢？是現實生活中觸不可及的星辰大海，還是能與人溝通的小動物，又或是你沒想過的奇妙，接著就讓我們一起探索吧！

一則小故事能為你帶來什麼呢？遙想學生時期無論是在聯絡簿上、在報章雜誌中，總是能看見故事的蹤影，不像長篇小說需要大量時間閱讀，在短短的篇幅中，無須在腦內建構龐大的設定，只需直接了當的明白在你心中造成重擊，就能體會奇幻之美。

冰冷珠光的臉龐流下眼淚，
炙熱之心依舊燃燒。
男人為愛付出一切，
夜鶯鮮血染紅玫瑰。
失去陽光溫暖的花園，
溫柔巨人使春天再度降臨。

身穿華麗衣裳的少年國王，
枯槁權杖開出潔白花朵
為愛付出靈魂的年輕漁夫，
人間影子無所適從
從繁星墜落之子
是否殞落又或是成為光芒。

目川文化【世紀名家：王爾德故事集】是系列作品中的第五本，這也是系列中第一本以短篇集結而成的作品，精選了九篇富有哲理的短篇故事：

〈快樂王子〉——真正的快樂和愛是分享給需要的人，具有憐憫之心。
〈夜鶯與玫瑰〉——真愛是願意為對方全心全意的付出。
〈忠誠的朋友〉——真正的友誼需要彼此以忠實的心相待。
〈自私的巨人〉——無私分享的心，令人如沐春風。
〈了不起的火箭〉——剛愎自用且高傲的人，未必能綻放光芒
〈少年國王〉——站在別人的立場為別人著想，具有同理心。

〈西班牙公主的生日〉——如果拿別人的真心取樂，不顧別人感受，會使人心碎。

〈漁夫和他的靈魂〉——靈魂失去良心，會變得無所適從，容易誤入歧途。

〈星之子〉——不要以貌取人，而要看重一個人善良的內心。

藉由這幾則故事，突破現實的藩籬，飛越客觀的限制。

本書內容主題多具有永恆的價值觀，故事旨在喚醒「內心」，形塑美好的品格，讓美麗的果效由心發出。

關於愛

第一章　快樂王子

快樂王子的雕像聳立在一根高高的石柱上，俯瞰著整座城市。他的身上貼滿了薄薄的金箔，他的眼睛是兩顆閃亮的藍寶石，而他的劍柄上鑲嵌著一顆碩大耀眼的紅寶石。

人們對這座雕像嘖嘖稱奇。某位想表現自己別具藝術鑑賞力的市議員說：「他就像風向儀那樣漂亮。」不過，他又怕別人會把他看成一個不務實的人（其實，他相當實際），便又加了一句：「只是他沒有風向儀那麼有用。」

「為什麼你就不能學學快樂王子呢？」一位有智慧的母親對著大哭大喊著要月亮的兒子說：「快樂王子從來不會用哭鬧討東西。」

「我很高興這世上還有一個人能如此快樂。」一個沮喪的人凝視著這座非凡的雕像喃喃自語道。

「他看上去就像天使！」孤兒院的孩子們從大教堂裡出來時這麼說。他們繫著乾淨潔白的圍裙，披著鮮紅醒目的斗篷。

「你們怎麼知道？」數學老師說：「你們又沒見過天使！」

「啊！我們在夢裡見過。」孩子們答道。數學老師皺起眉頭，緊繃著臉，因為他並不贊成小孩子做夢。

一天夜裡，一隻小燕子從城市上空飛過。他的同伴們早在六個星期前，就飛往埃及去了，他卻遠遠落後大家，只因為他太留戀一根美麗無比的蘆葦，她那纖纖細腰把他給迷得團團轉。

當秋天來臨，其他燕子都飛遠了，這隻燕子忍不住問蘆葦：「妳願意跟我走嗎？」蘆葦卻搖搖頭，因為她太依戀自己的家了。小燕子只好傷心的飛走了。

他飛了整整一天，傍晚時分來到這座城市。「我要在哪裡過夜呢？」他說：「希望城裡已經為我準備好過夜的地方。」

後來，他看到了矗立在高聳石柱上的雕像。

「就在那裡過夜吧！」他開心的叫起來：「空氣很清新，會是個不錯的地方。」於是，他就飛過去，恰好落在快樂王子的雙腳中間。

「我有一間黃金打造的臥室了。」他看看四周，輕輕的喃喃自語。

然後，他準備歇息了。可是就在他把頭縮到翅膀底下時，一滴大大的水珠正好打在他的身上。「天啊！」他叫了一聲，「太奇怪了！天上沒有一片雲，星星那麼明亮，怎麼下起雨來了？北歐的天氣太可怕了。蘆葦倒是很喜歡雨，但是那是因為她的私心。」

緊接著又「啪」的落下一滴水珠。

「一座雕像連雨都遮擋不住，還有什麼用？」他說：「我得去找一個好煙囪當我的窩。」於是，他決定離開這裡。

可是他還沒張開翅膀，第三滴水珠又滴落下來了。他仰起頭，看到——啊！他看見什麼呢？

原來，是快樂王子眼裡盈滿的淚水，淚珠順著他金色的臉頰流下來。他的臉在月光下顯得那麼美，小燕子對他產生了憐憫之心。

「你是誰？」他問道。

「我是快樂王子。」

「你為什麼要哭呢？」小燕子又問，「看，你都把我淋濕了。」

「在我活著、還有一顆人心的時候，」王子答道：「我並不知道眼淚是什麼東西，因為我那時無憂無慮的住在皇宮裡，那是一個悲哀進不去的地方。白天有人陪我在花園裡玩，晚上我就在大廳裡跳舞。花園的四周有一堵高高的圍牆，我從來沒問過，圍牆外面是一個什麼樣的世界，我所看到的是一個至善至美的世界。我的臣子都稱我為快樂王子，如果享樂代

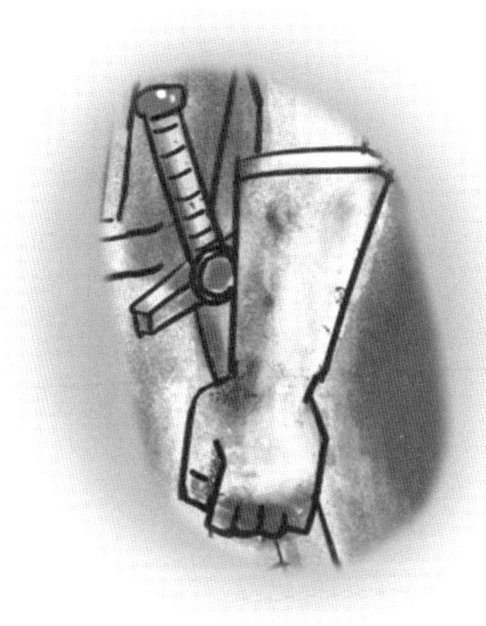

表快樂，我的確是快樂的。後來我死了，他們就把我立在這高高的石柱上，讓我看到這座城市中所有的醜惡和貧苦。雖然我的心是鉛做的，但我還是忍不住想哭。」

「什麼！他並不是純金做的！」小燕子輕聲自語道。他很注重禮貌，不願高聲談論別人的私事。

王子用悅耳低沉的嗓音接著說：「在遠處，有一條小街，那裡住著一戶窮人。透過窗戶，我看到一個婦人坐在桌子旁邊。她很瘦，好像生病了。她那雙粗糙、紅腫的雙手上滿是針扎傷口，因為她是個裁縫師，正在為一件緞綢衣服繡上西番蓮，那是為皇后最寵愛的宮女準備的，那個宮女準備穿這件衣服去參加宮廷舞會。在房間角落的一張床上躺著她生病的孩子，孩子正在發燒，嚷著要吃橘子，可是他的母親只能餵他喝河水，所以他哭個不停。小燕子！小燕子！你能幫我把劍柄上的紅寶石摘下來送給她嗎？我的腳被牢牢的固定在基座上，動也動不了。」

「夥伴們在埃及等我呢！」小燕子說：「他們在尼羅河上盤旋，和大朵的蓮花說話。再過不久，他們就要到偉大法老的墳墓裡就寢。那個法老躺在圖案繽紛的靈柩裡。他的身體裹在黃色亞麻布裡，還塗滿防腐的香料。他的脖子上有一串翡翠項鍊，他的手卻像是乾枯的樹葉。」

「小燕子！小燕子！」王子說：「你可以陪我過一夜，做一回我的信差嗎？那個孩子渴得太厲害了，他的母親為此十分苦惱。」

「我可不喜歡小孩。」小燕子回答道：「我記得，去年夏天，在一條河邊，有兩個粗野的小孩，是磨坊主人的兒子，老是用石頭丟我。當然，他們是打不中我的，我們小燕子飛得可快了，而且，我的家族可是以敏捷出名的。總之，他們實在是太沒禮貌了。」

可是，快樂王子那傷心的樣子卻讓小燕子心軟了。他說：「這裡冷得要命，不過，我很願意陪你過一夜，做你的信差。」

「小燕子，謝謝你。」王子說。

於是，小燕子從王子的劍柄上啄下那顆碩大的紅寶石，用嘴銜著，飛過一個個屋頂，朝遠方飛去。

他飛過大教堂的屋頂，看到上面大理石做的天使雕像；他飛過皇宮，聽見跳舞的樂曲聲，一位美麗的姑娘和她的戀人正好走到陽臺上，「多麼美妙的星星啊！」他對她說：「愛情多麼神奇啊！」

「我希望新衣服能早點做好，趕得上下次的舞會。」那姑娘接著說：「我命人在上面繡西番蓮，可是那些女裁縫實在是太懶了。」

小燕子飛過河面，看見船的桅杆上掛著無數的燈籠；他又飛過猶太村，看見一些老人正在討價還價做生意，把錢放在銅製的天平上面秤重。最後，他來到那戶窮苦人家，他朝裡面望去，看見孩子發著燒，在床上翻來覆去，母親已經睡著，因為她太疲倦了。

小燕子從窗子跳進去，把紅寶石放在桌上，就擱在婦人的頂針旁邊。然後，他繞著床輕輕的飛了一陣子，用翅膀搧了搧孩子的額頭。

「好像涼快多了。」孩子說：「我一定是好起來了。」說完他便沉沉的睡去，甜甜的進入夢鄉。

小燕子回到快樂王子那裡，把這一切向他報告。

「真是奇怪。」小燕子說：「天這麼冷，可是我覺得很暖和。」

「那是因為你做了一件好事。」王子說。小燕子努力思索王子的話，不過他馬上就睡著了。他只要一沉思就容易打瞌睡。

第二天，小燕子告訴快樂王子，他要動身前往埃及了。他說：「夥伴們在埃及等我呢！明天他們就要飛往尼羅河流域的第二座瀑布。在那裡，河馬睡在蘆葦叢中；天神曼儂坐在巨大的花崗岩寶座上，他整夜凝望著星星，當星光閃耀的時候，就發出快樂的叫聲，之後便沉默了。正午的時候，成群的獅子會到河邊喝水，他們碧綠的眼睛就像翡翠一樣，他們的吼聲比瀑布的聲音還要響亮。」

「小燕子！小燕子！」王子說：「你可不可以再陪我過一夜？我看到，遠在城市的另一頭，有個年輕人住在閣樓裡。他靠在一張堆滿稿紙的書桌埋頭寫字，手邊的一個大玻璃杯中放著一束枯萎的紫羅蘭。他有一頭棕色的捲髮，像紅石榴一樣的嘴唇，還有愛做夢的大眼睛。他正在寫一個劇本，準備送去給劇院總監。可是他太冷了，凍得寫不出一個字。壁爐裡沒有柴火，他又餓得頭昏眼花。」

「我願意再陪你過一夜。」好心腸的小燕子說：「你要我也給他送去一顆紅寶石嗎？」

「唉！我現在沒有紅寶石了。」王子說：「不過，我還有一對眼睛，它們是用稀有的藍寶石打造的，一千年前出產於印度。請你取出一顆來給他送去。只要他把它賣給珠寶商，就能換到好多錢去買食物和木柴，就能寫完他的劇本了。」

「親愛的王子，」小燕子哭泣起來，「我不能這麼做。」

「小燕子！小燕子！」王子說：「就照我說的去做吧！」

因此，小燕子啄下王子的一顆眼睛，朝那個年輕人的閣樓飛去。

由於屋頂上有個洞，所以小燕子很容易就從洞口飛進閣樓裡。那個年輕人雙手捧著腦袋，並沒有聽見小燕子的聲音，等到他抬起頭，就發現枯萎的紫羅蘭上，有一顆美麗的藍寶石。

「終於有人賞識我了！」他開心的叫起來，「這一定是某個仰慕我的人送來的。現在我可以完成我的劇本了。」他的臉上露出了幸福的微笑。

第二天，當月亮升起的時候，小燕子又來到了快樂王子的身邊。

「我是來向你告別的。」他喊道。

「小燕子！小燕子！」王子說：「你不願意再陪我過一夜嗎？」

「可是，現在已經入冬了。」小燕子答道，「天這麼冷，就要下雪了。這時候的埃及，陽光照耀在棕櫚樹上，十分暖和，我的夥伴們正在巴貝克的太陽神廟裡築巢。親愛的王子，我必須離開了。不過，我不會忘記你的。明年春天，我會給你帶來兩顆美麗的寶石，把你送給別人的那兩顆補上。我帶給你的紅寶石一定會比紅玫瑰更紅，而那顆藍寶石會比大海更藍。」

「可是，就在這下面的廣場上，站著一個賣火柴的小女孩。」王子說：「她的火柴都掉在水溝裡不能用了。如果今天賺不到錢，她的父親會打她的。她現在正在哭著呢！她沒穿鞋，也沒有襪子，頭上又沒有戴帽子。請把我的另一顆眼睛取下來，給她送去，這樣她的父親就不會打她了。」

「我願意再陪你過一夜。」小燕子說：「可是，我不能啄下你的眼睛，否則你會變成瞎子的。」

「小燕子！小燕子！」王子說：「就照我說的去做吧！」

於是，小燕子又啄出了王子的另一顆眼睛，帶著它飛走了。他飛到賣火柴的小女孩面前，把寶石輕輕的放到她的手掌心裡。「多麼美的玻璃啊！」小女孩叫起來，開心的跑回家。

小燕子又回到王子身邊，他說：「現在，你的眼睛瞎了，我要永遠守在你的身邊。」

「不，小燕子。」可憐的王子說：「你應該去埃及。」

「我要永遠和你在一起。」說著，小燕子就在王子的腳下睡著了。

第二天，小燕子一整天都坐在王子的肩上，給王子講他在異國的所見所聞。他講起紅色的朱鷺，他們並排站在尼羅河岸邊，用尖尖的喙去捕金魚吃；還講起獅身人面像，他的歲數跟這個世界一樣老，住在沙漠裡，無所不知；還講到沙漠中的商人，他們手裡拿著琥珀念珠，跟著駱駝隊緩緩而行。

「親愛的小燕子，」王子說：「你給我講了這麼多奇特的事，可是更令人吃驚的是人們所受的苦難，沒有什麼比苦難更令人費解的。小燕子，你在城市的上空轉一圈吧！麻煩你告訴我你看到些什麼？」

於是，小燕子飛越城市的上空，他看見富人在漂亮的房子裡享樂，而乞丐們卻在門外挨餓受凍。他飛進陰暗的小巷，看見饑餓的孩子滿臉蒼白，無精打采的望著髒亂的街道。還看見一座橋的橋洞下躺著兩個小孩，他們緊緊的靠在一起，希望藉此互相取暖。「好餓啊！」他們說。「別躺在這裡！」看守人朝他們吼了一句，所以，這兩個孩子只好站起來，走進雨中。

小燕子回來之後，把看到的一切都告訴王子。

「我的身上貼滿金箔。」王子說：「你把它們一片一片剝下來，送給那些窮人吧！活著的人總是認為，金子可以給他們帶來幸福。」

於是，小燕子把金子一片一片啄下來送給窮人，而快樂王子因此變得黯淡無光。得到金子後，孩子的臉上泛起紅光，他們在街上玩耍，歡欣無比的笑著。「我們可以吃麵包了！」他們喊道。

下雪了，天氣變得十分寒冷。可憐的小燕子覺得冷極了，但他不願意離開王子。只好趁麵包師不注意的時候，去麵包店門口啄一點麵包屑吃，並不斷的拍打翅膀，讓自己覺得不那麼冷。

最後，他知道自己快要死了。他鼓起最後一點力氣，飛到王子的肩上。「親愛的王子，再見！」他喃喃的說。

「小燕子，你要飛到埃及了嗎？」王子問。

「不，我現在不是要去埃及。」小燕子回答：「我是要去死神的家，永遠長眠。聽說，死亡就代表永遠的安眠，不是嗎？」

說完，小燕子便倒在王子的腳下，死去了。

就在此刻，雕像裡面響起一個奇怪的爆裂聲，好像有什麼東西碎了。原來，是王子那顆鉛做的心碎裂成兩半了。這個冬天真是冷得可怕啊！

隔天清晨，市長在廣場散步，抬頭看一眼快樂王子的雕像。「啊！快樂王子怎麼這麼難看？」他叫道：「他劍柄上的紅寶石掉了，眼睛沒了，黃金也沒了。說實話，他簡直跟乞丐沒什麼兩樣！」

「他的腳下還有一隻死

鳥呢！」市長又說：「我們真該發佈一張告示，禁止鳥兒死在這裡。」

後來，快樂王子的雕像被推倒了。大學的美術教授說：「他既然不再美麗，也就沒有什麼用處了。」

最後，快樂王子的雕像被放入火爐裡熔化了。「真是奇怪！」鑄造廠的監工說：「這顆破碎的鉛心在爐裡居然熔化不了，那就扔了吧！」於是，他們把它丟在垃圾堆裡，死去的小燕子也躺在那裡。

有一天，上帝對祂的一位天使說：「把這個城市裡最珍貴的兩件東西帶來給我！」於是，天使便把鉛心和死去的小燕子帶到上帝的面前。

「你選得非常正確。」上帝說：「這隻小鳥可以永遠在我的花園裡歌唱，而快樂王子可以永遠住在我的黃金城裡頌讚我！」

第二章　夜鶯與玫瑰

「她說，只要我送她一朵紅玫瑰，她就會與我共舞，」年輕人吶喊著：「可是我的花園裡，連一朵紅玫瑰也沒有！」

一棵冬青櫟樹上的夜鶯聽見了他的話，從層層的綠葉中探出頭來，好奇的向四處張望。

「我的花園裡，連一朵紅玫瑰也沒有！」年輕人繼續喊道，美麗的眼睛裡噙滿淚水，「唉！幸福，居然是由這樣的小東西決定啊！我熟知所有智者的名言，洞悉一切哲學的奧祕。可是，為了一朵紅玫瑰，我的人生竟變得如此悲慘！」

「總算找到一位真心的情人了。」夜鶯喃喃說道：

「雖然我不認識他，但我夜夜歌頌他，每晚向星辰述說他的故事。現在我終於見到他了。他的頭髮黑得像風信子，他的嘴唇紅得像他渴求的玫瑰。可是，感情的折磨，讓他的臉龐透著象牙般的蒼白，眉頭刻著憂愁的痕跡。」

「明晚，王子要舉辦舞會，」年輕人喃喃自語：「我心愛的人也會參加。如果我送她一朵紅玫瑰，她便會和我跳舞到天亮。我可以摟著她，讓她的頭倚在肩上，把她的手握在手裡。可是，我的花園裡沒有紅玫瑰啊！我只能孤零零的坐在那裡，看著她從我身旁走過。她不會看我一眼的，我的心會破碎啊！」

「他的確是一位真心情人，」夜鶯說：「我所歌頌的愛情，竟讓他飽受折磨。我所認為的快樂，竟是他的痛苦。愛情真是了不起的東西。它比綠寶石還要珍貴，比貓眼石更有價值。它無法用珠寶換取，不在

市場上出售，不能向商人買得，也無法以黃金重量衡量。」

「樂師們會彈奏樂器，」年輕人說：「我心愛的人會伴著豎琴和小提琴的音樂翩翩起舞，她的動作會多麼輕盈，彷彿雙腳不著地般。那些打扮華貴的大臣，會團團圍繞著她。可是，她不會與我共舞，因為我沒有紅玫瑰可以送她。」說著，他撲倒在草地上，雙手掩面哭了起來。

「他為什麼哭？」一隻小小的綠蜥蜴翹著尾巴從他面前跑過時這樣問道。

「是啊！他為什麼哭呢？」一隻蝴蝶在陽光下振翅紛飛時也這樣問道。

「是啊！他為什麼哭呢？」一朵雛菊輕聲問著鄰居。

「為了一朵紅玫瑰。」夜鶯回答說。

「為了一朵紅玫瑰！」他們驚呼。「太可笑了！」向來愛嘲諷別人的小蜥蜴，直接放聲大笑。

只有夜鶯明白年輕人的苦惱。她靜靜的坐在冬青櫟樹上，思索著愛情的奧妙。突然，她張開棕色的翅膀，飛上天空。她像影子似的穿過了樹林，又像影子似的飛過了花園。

草地中央有一棵美麗的玫瑰樹。夜鶯看見那棵樹，便飛了過去，停在枝椏上。

「給我一朵紅玫瑰吧！」她大聲說：「我會為你唱出甜美的歌曲。」

可是，這棵樹搖了搖頭。

「我的玫瑰是白色的，」他回答：「白得就像海裡的浪花，甚至比山上的積雪還白。你去找我的兄弟吧！也許他有你想要的東西。」

於是，夜鶯飛到了另一棵玫瑰樹上。

「給我一朵紅玫瑰吧！」她大聲說：「我會為你唱出甜美的歌曲。」

可是，這棵樹也搖了搖頭。

「我的玫瑰是黃色的，」他回答：「黃得就像琥珀寶座上的美人魚秀髮，甚至比草地上的水仙還黃。你去找我另一個兄弟吧！他就生長在那名年輕人的窗下，也許他有你想要的東西。」

於是，夜鶯飛到了年輕人窗下的那棵玫瑰樹上。

「給我一朵紅玫瑰吧！」她大聲說：「我會為你唱出最甜美的歌曲。」

可是，這棵樹也搖了搖頭。

「我的玫瑰確實是紅色的，」他回答：「紅得就像鴿子的腳，甚至比海中的珊瑚還要紅。可是，嚴冬凍僵了我的葉脈，冰霜摧殘了我的花苞，今年，我應該開不出花了。」

「我只要一朵玫瑰花！」夜鶯大聲喊道：「只要一朵！難道就沒有辦法讓我得到它

嗎？」

「辦法倒是有一個。」玫瑰樹回答：「只是太可怕了，我不敢告訴你。」

「告訴我吧！」夜鶯說：「我不怕。」

「如果你想得到一朵紅玫瑰，」玫瑰樹說：「你必須在月光下用音樂孕育它，並用你的鮮血澆灌它。你得用你的胸脯抵住我的一根尖刺，對我高歌。你必須為我吟唱一整夜，並將那根尖刺戳進妳的心臟，使妳的鮮血流進我的葉脈，變成我的血液。」

「拿生命交換一朵紅玫瑰，這代價太大了！」夜鶯驚呼：「生命對每個人都是極其珍貴的。能坐在綠樹上，看著太陽駕著金色馬車，看著月亮乘著珍珠馬車，是一件多麼歡愉的事！但是愛情勝過生命，而且一隻鳥的心，怎麼能和一個人的心相比呢？」

於是，她張開棕色的翅膀，飛向天空。她像影子似的飛過花園，又像影子似的穿過樹林。

年輕人依舊躺在草地上，和她離開的時候一樣，他那雙美麗的眼睛依然盈滿了淚水。

「快樂起來吧！」夜鶯大聲說：「快樂起來吧！你會得到那朵紅玫瑰的。我會在月光下用音樂孕育它，用我的鮮血澆灌它。我只希望你做一件事來報答我，就是你必須做一個真心的情人。不管哲學多麼睿智，愛情比哲學更睿智；不管權力如何強大，愛情比權力更強大。焰光的色彩是愛情的翅膀，烈火的色澤是愛情的軀體；愛情的雙唇有如蜂蜜般甜膩，愛情的氣息有如乳香般芬芳。」

年輕人仰起頭，努力的傾聽著，可是他聽不懂夜鶯的話，因為他只知道寫在書上的東西。

可是冬青櫟樹聽懂了，他很難過，因為他很喜歡這隻在他的枝椏上築巢的小夜鶯。

「為我唱最後一首歌吧！」他輕輕的說：「你走了，我會很寂寞的。」

於是，夜鶯為冬青櫟樹唱起了歌，她的歌聲清脆甜美，彷如銀壺中汩汩的流水。

聽著夜鶯的歌唱，年輕人自言自語道：「夜鶯的歌聲確實好聽，可是她有感情嗎？恐怕沒有吧！事實上，她跟大多數藝術家一樣，擁有一身才華，卻沒有一顆真心。她不會為別人犧牲自己。她只關心音樂，可是藝術是自私的。我承認她能唱出美麗的歌曲，但是那些完全沒有意義，根本沒有實際作用。」說完，他走入屋裡，躺在床上，想著自己的愛人，沒多久就進入了夢鄉。

當明月升起，夜鶯飛到那棵紅玫瑰的枝頭上，將自己的胸脯抵著尖刺，整夜清亮的吟唱。花的尖刺越扎越深，她身上的生命之血也越剩越少。

當她唱到高潮，一朵大而嬌豔的玫瑰，在最頂端的杈枝上幽幽綻放，起初花瓣是泛白的，就像清晨河面上的薄霧；漸漸的，花瓣染上粉紅，就像新郎親吻新娘時臉上泛起的紅暈。最後，尖刺戳穿夜鶯的心臟，一陣劇痛穿透她的全身，玫瑰花完全盛開，就像東方朝霞般豔紅，花心亦如紅寶石般絢麗。

可是，夜鶯的歌聲越來越微弱了，她鼓動翅膀吐出最後的歌聲。月亮聽著歌聲，竟忘記黎明將至，依然留戀駐足。

紅玫瑰聽著歌聲，激動顫抖，迎向清晨的朝露。歌聲在洞穴中迴盪，喚醒酣睡的牧童；又飄過河邊的蘆葦，讓蘆葦把訊息帶向大海。

「看啊！看啊！」玫瑰樹吶喊：「花朵長成了！」可是他並沒有得到夜鶯的回應，因為她已經倒臥在草叢中，胸口還扎著那根尖刺。

中午時分，年輕人打開窗往外看。

「啊，運氣真好！」他興奮地嚷著：「這裡居然有一朵紅玫瑰！我一輩子都沒見過這樣的一朵玫瑰花！它真美，我猜它有個長長的拉丁名字。」他俯身摘下玫瑰。

然後，他戴上帽子，手中握著那朵玫瑰，奔向教授的家。教授的女兒正坐在門廊，在紡車上纏繞著藍色絲線，她的小狗靜靜地躺在腳邊。

「你說過，要是我送你一朵紅玫瑰，你就會與我共舞。」年輕人大聲的對她說：「我這裡有一朵全世界最豔紅高貴的玫瑰。今晚你就戴著它與我共舞吧！它會告訴你，我有多麼愛你！」

可是，少女皺起眉。

「我覺得它和我的禮服不相配。」她說：「而且內庭大臣的侄子送了我一些珠寶，誰都曉得珠寶比花貴重多了。」

「你這個愛慕虛榮的人！」年輕人憤怒的把花丟到街上，花被一輛馬車碾了過去。

「我愛慕虛榮？」少女也生氣了，「你才粗魯無禮呢！你算什麼？你只不過是個窮學生。哼！你的鞋子哪能像大臣侄子的一樣，用銀扣子裝飾的！」說完，她站起來，轉身走進屋裡。

「愛情真是愚昧的東西！」年輕人一邊走，一邊喃喃自語：「它總是帶給人們一些幻覺，讓人相信一些不真實的東西。在這個講究實際的時代，我看我還是繼續鑽研哲學，探究有用的學問吧！」

於是，他返回家中，捧起一本堆滿灰塵的書，埋頭閱讀起來。

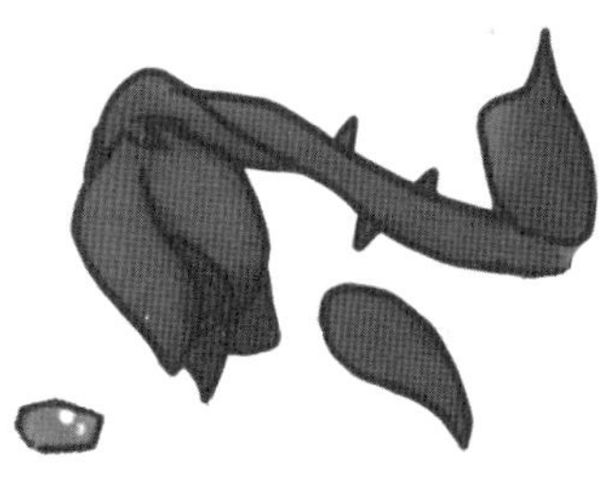

付出

第三章　忠誠的朋友

一天早晨，老河鼠從洞裡探出頭來。他有著明亮的小眼睛和堅硬的鬍鬚，他的尾巴好像一根長長的橡膠管。小鴨子在池塘裡游來游去，看上去就像一群黃色的金絲雀。他們的母親毛色純白，有著赤紅色的雙腿，她正在教孩子們如何在水中倒立。

「要是不會倒立，你們就永遠沒有機會和上流社會的人來往了。」她不停的對孩子們說，並為他們示範。可是，小鴨子們並不重視這些，他們年紀太小了，根本不知道和上流社會打交道有什麼好處。

「孩子們真不聽話！」老河鼠在一旁嚷嚷了起來。

可是鴨媽媽回應道：「萬事起頭難，做父母的得有耐心。」

「啊！我根本不明白你們做父母的心。」老河鼠說：「我沒有老婆孩子，我沒結婚，也不想結婚。愛情嘛，確實不錯！可是，我覺得相較之下，友誼要高尚得多。老實說，我不知道這世上有什麼東西，比忠誠的友情更加可貴。」

旁邊柳樹上的一隻綠色朱頂雀，聽見他們的對話，插嘴問道：「那麼，河鼠！你覺得忠誠的朋友有什麼責任呢？」

「是啊！我也想知道。」說完，鴨媽媽便游到了池塘的另一頭，給小鴨子們示範一個接一個的倒立動作。

「你這問題真是傻到家了！」老河鼠喊道：「當然啦！忠誠的朋友就要以忠誠待我啊！」

「那你怎麼回報你的朋友呢？」小鳥邊說邊拍打著翅膀，懸飛在銀色的水花上。

「我不懂你的意思。」老河鼠說。

「就讓我給你講一個關於忠誠的故事吧！」朱頂雀說。

「這個故事跟我有關嗎？」老河鼠問：「如果有關的話，我倒樂意聽聽，因為我很喜歡聽故事。」

「這個故事很適合套用在你身上。」朱頂雀一邊回答一邊飛下來，停在河岸上，

開始講起〈忠誠的朋友〉的故事。

「從前，」朱頂雀說：「有個叫漢斯的小夥子，他非常老實。」

「他很特別嗎？」老河鼠問。

「不。」朱頂雀回答：「他並不特別，不過他心地善良。」

漢斯一個人住在一間小茅屋裡，每天在花園裡勞動。整個村子裡，就數他的花園最漂亮了。那裡種著麝香石竹和法國松雪草，還有粉紅玫瑰、黃玫瑰、番紅花，以及金色的、紫色的和白色的紫羅蘭……反正，多得數也數不清。都按著季節次序盛開。當一種花剛凋謝，另一種花便綻放了。在他的花園裡，一年四季人們都能欣賞到美麗花朵，聞到好聞的花香。

小漢斯有很多朋友，不過他最忠誠的朋友是磨坊主人大修。的確，這個富有的磨坊主人對小漢斯是非常忠誠的，他每次路過小漢斯的花園，都會站在籬笆邊摘走一大束花，或是拔走一把香草。在果子豐收的季節裡，他一定會往自己的口袋裡，不停的塞李子和櫻桃。

磨坊主人大修總是對小漢斯說：「真正的朋友應該分享所有的東西。」小漢斯邊聽邊微笑，並為自己這個思想崇高的朋友感到驕傲。

但是，鄰居們卻感到奇怪，富有的大修在他的磨坊裡儲存著一百袋麵粉，還有六頭乳牛和一大群羊，但他卻從來沒給過小漢斯一丁點東西。不過，小漢斯從來不在意這些。大修總是說，真正的友誼不應該是自私的，在小漢斯看來，聽大修講這些話是件快樂的事。

就這樣，小漢斯總是在自己的花園裡辛勤勞動。從春天到秋天，他都是快樂的，可是冬天一到，他就沒有果子和鮮花可以拿去市場上賣了。在這個時節，他總是又冷又餓，時常連晚飯都吃不上，有時只能啃一些乾梨或是堅果就上床睡覺了。冬天很漫長，他非常寂寞，可是大修在這個時候從不來看他。

大修總是對自己的老婆說：「雪還沒融化，這時我去看小漢斯一點用也沒有，因為，人在困難的時候，應該靜一靜，不能被客人打擾。對吧？所以，春天到了我再去看他，那時他可以送我一籃櫻草，這樣他會感到高興的。」

舒服的坐在壁爐旁烤火取暖的妻子說：「你想得真周到。」

這時，他的小兒子也在一旁，插嘴說：「可是，我們為什麼不請小漢斯來我們家呢？要是可憐的漢斯遇到困難，我願意把我的粥分他一半，我還要給他看我的小白兔。」

磨坊主人大修聽了兒子的話非常生氣，他大罵道：「你怎麼這麼傻！我真不明白，讓你讀書有什麼用？你好像什麼都沒學到。我跟你說，要是小漢斯來我們家，看見我們在取暖，吃得好、喝得好，說不定他會嫉妒我們。要是這樣的話，就太可怕了，他會變得不再善良。我可不能這麼做。」說完，他用嚴厲的目光，盯著坐在桌子另一頭的小兒子。那個孩子難過極了，他的臉漲得通紅，眼淚一滴滴掉進茶杯裡。

「這就是故事的結尾嗎？」老河鼠問道。

「當然不是啦！」朱頂雀說：「故事才剛剛開始呢！」

「那麼，請你接著往下講吧！」老河鼠說：「我很喜歡磨坊主人大修，因為我有時也和他有相同的想法。」

「好的。」朱頂雀在枝頭上跳來跳去，繼續說。

後來，冬天一過，櫻草開出星星點點的黃花朵，磨坊主人立刻提著一個籃子，下山去拜訪小漢斯。一見到小漢斯，他便打招呼說：「早安，小漢斯！」

漢斯用手扶著鐵鍬，面帶微笑的回答：「早安！」

大修問他：「這個冬天你過得好嗎？」

漢斯大聲說：「啊！這麼關心我，真是太好了。冬天的時候我遇到一點困難，不過春天一來，一切都好了。看到花兒開得這麼好，我很開心。」

大修又說：「冬天的時候，我們一家總是提到你，我們很擔心你，不知道你過得怎麼樣？」

漢斯說：「你人真好，我還怕你把我忘了。」

大修說：「漢斯，你這麼說太奇怪了，我怎麼會忘記我們的友誼呢？啊！你的櫻草長得真好看！」

漢斯回答說：「是啊！它們長得不錯。我今年運氣很好，櫻草長得很旺盛。我要把它們拿到市場上去賣了，賺的錢可以贖回我的小推車。」

大修說：「贖回你的小推車？你是說，你把你的小推車給賣了？天啊！你真傻。」

漢斯說：「可是，我不得不這麼做。你知道，這個冬天我過得很辛苦，我連買麵包的錢都沒有。所以，起先我賣掉衣服上的銀鈕扣，然後賣掉銀鏈子，後來又把大煙斗賣了，最後不得不賣小推車。現在，我要把它們都贖回來。」

「親愛的漢斯，」磨坊主人大修說：「我把我的小推車送給你吧！雖然它不怎麼好，有點兒小毛病，但是，我還是要把它送給你。你知道，我很慷慨，和一般人不一樣。但我認為，慷慨對友誼來說很重要。反正我還有一輛新的小推車，原先的那輛就送給你吧！」

小漢斯的臉上充滿喜悅，說：「啊！你太慷慨了。我可以把你的小推車修好，因為我的屋裡正好有塊木板。」

「一塊木板！」大修說：「太好了，我正缺一塊木板。我的穀倉頂破個大洞，我得趕緊把它修好，否則穀子會受潮的。幸好你有塊木板。你看，我已經把我的小推車給你了，那麼你就把你的木板給我吧！小推車比木板要貴多了，不過為了友誼，我可以不在意這些東西。你快把木板給我吧！我今天就要修穀倉。」

小漢斯高興的說：「我馬上去。」說完，就跑進屋，把木板拿

了出來。

大修看看木板，說：「這塊木板不大，我怕用它補了穀倉之後，就沒有多餘的給你修補小推車了。不過，這當然不是我的錯。我已經把我的小推車給你了，那麼你一定會高興的送我一些花作為報答，對吧？我的籃子在這兒，來！你幫我把它裝滿吧！」

小漢斯接過籃子，面帶愁容的問：「要裝得滿滿的嗎？」小漢斯知道，只要把籃子裝滿了，他就沒有多少花可以拿到市場上去賣了。唉！他多麼希望能贖回自己的銀鈕扣啊！

可是，磨坊主人大修卻說：「當然啦！既然我已快把小推車給你了，那麼你給我一些花是理所當然的。也許是我錯了，可是，在我看來，真正的友誼是不能有一點私心的。」

聽到這兒，小漢斯立刻大聲的說：「我親愛的朋友，我最好的朋友，只要你想要，我花園裡所有的花都可以給你，至於我那顆銀鈕扣，以後我會想別的法子贖回的。」說完，他便跑去把所有的櫻草花都摘下來，把它們裝進大修的籃子裡。

大修說：「再見！漢斯。」他心滿意足的拿起木板，提著花籃回家了。

小漢斯也對他說：「再見！」然後，他便開心的用鐵鍬挖起土來，因為他很高興大修能把自己的小推車給他。

第二天，小漢斯在前廊工作的時候，聽見磨坊主人大修從路上喊叫他。於是，他跑到花園裡，向牆外張望。

大修扛著一大袋麵粉，站在路邊對他說：「親愛的小漢斯，你能幫我把這袋麵粉扛到市場上去賣嗎？」

小漢斯說：「啊！真對不起，我今天很忙，我還得澆花和修剪草坪。」

磨坊主人大修說：「話雖如此，可是，我就要把我的小推車送給你了，你還拒絕我，你也太不夠朋友了。」

小漢斯聽了大聲說：「啊！請你不要這麼說，無論如何我也不會對不起朋友的。」說完，他跑進屋裡戴上帽子，然後跑出來接過大修手裡的麵粉袋，

扛起來便動身往市場去了。

那天天氣非常炎熱，路上塵土飛揚。沒走多久，小漢斯就累得不行了。不過，他堅持趕路，到了市場後便把麵粉賣個好價錢，拿了錢不敢多休息一分鐘就趕回家，生怕遇上強盜把錢搶走。他很高興自己能為磨坊主人大修做點什麼，因為他認為大修是他最好的朋友。

第二天大清早，大修就下山來找小漢斯要麵粉錢，可是小漢斯實在是太累了，所以大修到的時候，他還在床上睡覺。

大修說：「你實在是太懶了。看！我就要把小推車送給你了，你應該勤快的工作才對。我可不希望我的朋友是個懶惰蟲。你別怪我說話太直，我只是覺得，真正的朋友之間應該實話實說，不能只說些中聽不中用的話。」

「真對不起！」小漢斯揉揉眼睛，脫下睡帽，說道：「我實在是太累了，我能再躺一會兒嗎？」

大修拍了拍小漢斯的背，說：「好啊！不過，我希望你能快點穿好衣服，跟我一起去修補我的穀倉。」

可憐的小漢斯已經有兩天沒給自己的花澆水了，他真的很想去自己的花園裡工作。

可是，磨坊主人大修是他的好朋友，所以，他不好意思拒絕他。於是，小漢斯難為情的問大修：「如果，我說我很忙，不能幫你的忙，你會覺得我不夠朋友嗎？」

大修回答說：「會啊！我的要求並不過分，況且我都要把小推車送給你了，你要是不肯幫我，我就得自己動手。」

小漢斯連忙說：「啊！不可以！我幫你。」他從床上跳下來，穿好衣服，跟著大修去穀倉。

他在穀倉裡整整工作了一天，一直到傍晚。天快黑的時候，大修來看他做得怎麼樣了。

大修開心的問：「小漢斯，你把屋頂上的洞修補好了嗎？」

小漢斯從梯子上爬下來，說：「嗯，全補好了。」

「啊！」大修說：「沒有什麼比幫別人忙更快樂的了。」

小漢斯滿頭大汗的說：「聽你這麼說是我的榮幸。可是，我恐怕永遠說不出這麼有智慧的話。」

大修說：「你放心，只要努力練習當個忠誠的朋友，有一天你也會懂得友誼的道理，慢慢的你就會和我一樣了。」

小漢斯開心的問：「我真的可以嗎？」

大修說：「當然啦！今天你幫我補好了屋頂，現在你最好回家休息一個晚上，明天我還要請你去山上放羊呢！」

可憐的小漢斯不好意思推辭。第二天，他又幫大修放一整天的羊。晚上回到家的時候，他累得要命，一坐到椅子上便睡著了，一覺睡到天亮。

「能夠在自己的花園裡工作真好。」他總是這麼想。可是，大修時常來找他幫忙，小漢斯為此感到十分痛苦。他很想照料自己的花，但另一方面，他又安慰自己，大修是他最好的朋友，而且是一個慷慨的朋友。

一天晚上，小漢斯正在家裡烤火取暖。突然，響起很大的敲門聲。這是個狂風暴雨的夜晚，小漢斯起初以為只是暴風吹襲，可是這個聲音接二連三響起，且越來越大聲。小漢斯立刻跑去開門。

原來是磨坊主人大修。他一手提燈籠，一手拄著手杖，一見到小漢斯便叫喊起來：「親愛的小漢斯，我遇到大麻煩了。我的小兒子從梯子上摔下來受了傷，我得馬上去請醫生。可是，醫生住得太遠，今天天氣又這麼壞，所以，你能幫我跑一趟嗎？我就要給你小推車了，你應該報答我啊！」

小漢斯連忙說：「那是當然，我現在就出發。不過，你能把燈籠借給我嗎？天太黑了，我怕一不小心跌進水溝裡。」

大修說：「對不起，這個燈籠是新的。你要是把它弄壞了，我的損失就大了。」

「哦！沒關係。」小漢斯說：「我就不用它了。」他立刻穿好衣服出發。

這真是個糟糕的夜晚！天很漆黑，伸手不見五指，風刮得厲害。小漢斯舉步維艱，終於來到醫生家，他敲敲門。

「誰呀？」醫生從屋裡探出頭，大聲問道。

小漢斯也大聲的回答說：「是我，小漢斯。」

醫生又問：「小漢斯，你來有什麼事嗎？」

小漢斯說：「磨坊主人大修的小兒子從梯子上摔下來受傷了，麻煩您現在就去他們家一趟。」

「好的！」醫生便叫人備好馬，穿好靴子，拿起燈籠下樓，騎上馬奔向磨坊主人大修的家，而小漢斯只能吃力的跟在馬後頭跑。

可是，暴風雨越來越猛烈，雨水落到地面匯聚成一條條水流。小漢斯根本就看不清路，他迷失在荒野裡，到處都是深深的水坑，可憐的小漢斯摔了進去。第二天，牧羊人發現他漂在一個大水坑上面。小漢斯下葬的時候，所有的人都來了，因為他是個好人。

大修是主要的送葬者，說：「小漢斯的死對我來說真是一個莫大的損失，我差一點就把我的小推車送給他了，可是現在，推車又破又舊，放在家裡很礙眼，又不能拿去賣錢。看來，我以後可不能總是這麼慷慨的把東西送給別人了。一個人要是像我這麼慷慨，肯定會吃虧的。」

「然後呢？」過了好一會兒，老河鼠問道。

「我講完了啊！」朱頂雀說。

「可是，磨坊主人大修怎麼樣了呢？」老河鼠又問。

「啊！這我不知道。」朱頂雀說：「而且，我也不在乎這個。」

「天啊！你真沒有同情心。」老河鼠說。

「你大概沒聽懂這故事的寓意。」朱頂雀說。

「你說什麼？你若早說，我才不會聽哩！」老河鼠生氣的嚷嚷了起來，怒氣沖沖的唸幾句，便鑽回自己的洞裡去了。

第四章　自私的巨人

每天下午放學後，孩子們總喜歡到巨人的花園裡去玩耍。這是一個非常漂亮的大花園。綠油油的小草鋪滿了整個花園；美麗的花朵在草叢中探頭探腦，好像天上的星星。花園中還有十二棵桃樹，一到春天就開出粉紅的花蕾，到了秋天則會結滿香甜的果子。小鳥在樹上唱著動聽的歌，這個時候，孩子們總會被歌聲吸引而忘記了遊戲。

「我們在這裡好開心啊！」孩子們笑著、叫著。

有一天，巨人回來了。之前，他到康瓦爾郡的食人怪朋友家去拜訪，在那裡住了七年，該說的話都說盡了，於是決定回家來了。一到家，就看見很多孩子在他的花園裡玩耍。

「你們在這兒做什麼？」他生氣的大吼，嚇跑了所有的孩子。

「這個花園是我一個人的。」巨人說：「除了我以外，誰也不准在我的花園玩耍。」然後，他在花園周圍砌起高牆，還立了一塊警示牌：

嚴禁擅入

違者嚴懲

他是個自私的巨人。

現在，可憐的孩子們沒有地方可以玩耍了。他們只好在街道上玩，可是街道上灰塵瀰漫，又布滿堅硬的石頭，他們很不喜歡。放學後，他們常常在高牆外徘徊，談論著牆內那個美麗的花園。「以前，我們在裡面多麼開心啊！」他們彼此傾訴著。

沒過多久，春天來了。鄉村處處充滿鮮花的芬芳，小鳥婉轉的歌

聲，唯獨巨人的花園裡還是冬天的氣象。因為，花圃裡看不到孩子們的蹤影，小鳥不願意歡唱，樹木也忘了開花。

有一次，一朵美麗的花兒偶然從草叢中探出頭來，可當它看見那塊警示牌，就又馬上縮回去睡覺了。「春天把這兒遺忘了。」風和霜嚷嚷道：「我們可以一整年都待在這兒了。」雪用她白色的大披風蓋住草地，霜把所有的樹枝都塗成了銀色，他們還邀請北風來同住。北風應邀而來，他穿著皮大衣，在花園裡咆哮了一整天，把煙囪頂筒帽也吹掉了。「我們一定要請冰雹也過來玩玩。」他們說。於是，穿裹著灰衣服、呵氣成冰的冰雹也過來了。每天，他都要敲打城堡的屋頂，砸碎所有的瓦片，在花園裡跑上一圈又一圈。

「真不懂為什麼春天還沒來？」自私的巨人坐在窗前，望著銀裝素裹的花園，自言自語：「真希望天氣可以好起來。」

可是，春天遲遲沒有降臨，夏天也難覓蹤跡。秋天給每個花園都送去了金燦燦的果實，唯獨巨人的花園什麼也沒得到。「他太自私了。」秋天這樣說。於是，巨人的花園裡只有冬天，而北風、冰雹、霜和雪卻一直在這花園中狂歡。

一天早上，巨人醒來後躺在床上，忽然聽到一陣動聽的音樂。樂聲婉轉悅耳，他以為是國王的樂隊路過這裡。其實，那是一隻小紅雀的歌聲，只不過巨人太久沒聽見小鳥在他的花園裡吟唱，所以對他來說，那就像是世界上最動人的音樂。這時候，冰雹停止了狂舞，北風也不再呼嘯，一縷幽幽的清香透過敞開的窗撲鼻而來。

「我想，春天終於來了。」巨人說著便跳下床，朝窗外望去。

你猜，他看到了什麼？

他看見了奇妙的一幕。孩子們從牆上的一個小洞鑽進了花園，坐在樹上，每一棵樹上都坐著一個。樹木因為孩子們回來而感到高興，紛紛用漂亮的花朵裝飾自己。小鳥們快樂的四處飛舞歡歌，花兒也從草叢中探出美麗的笑臉。這是一幅多麼動人的畫面啊！

不過，有一個角落依然是冬天，那是花園裡最偏僻的角落，有個男孩站在那裡，可是他太小了，還不會爬樹，只能在樹下哭泣，所以這棵可憐的樹仍然被積雪覆蓋。

「快爬上來吧，孩子！」樹一邊對這孩子說，一邊努力地垂下枝椏。

可是，這個孩子實在是太小了，根本爬不上去。

看到這幅情景，巨人的心融化了。「現在，我知道春天為什麼不願意來這裡了。我要把那可憐的男孩抱到樹上去，然後拆掉圍牆，讓我的花園永遠變成孩子們的樂園。」他為自己的自私感到後悔。

巨人輕輕的走下樓，悄悄的打開門，來到花園。但是孩子們很怕巨人，一看到他就全逃走了，冬天再次降臨花園，只有那個小男孩沒有跑，因為他哭得太傷心，沒有看到巨人走過來。

巨人躡手躡腳來到小男孩背後，輕輕托起他放到樹上，就在那瞬間，樹上的鮮花綻放，小鳥也飛來放聲高歌，小男孩破涕為笑。孩子們見巨人不再那麼凶暴，便都跑了回來。春天，也跟著他們的腳步，回到了花園。

「孩子們，從現在開始，這個花園就是你們的。」巨人說。然後，他拿起斧頭，拆毀了圍牆。中午，人們路過時，看見巨人和孩子們在美麗的花園裡嬉戲。

他們玩耍了一整天。到了傍晚，孩子們紛紛向巨人告別。

「那個小男孩呢？」巨人說：「就是那個被我抱到樹上的男孩？」

「我們不知道，可能已經走了。」孩子們答道。

「那請你們告訴他，讓他明天再到這裡來玩。」巨人說。可是，孩子們告訴巨人，他們都不知道小男孩住在哪裡，也從沒見過他，巨人聽了很難過。

每天下午放學後，孩子們都會來找巨人玩，可是那個小男孩再也沒出現過。巨人對每個孩子們都非常和藹，可是他依舊很想念那個小男孩。

「我很想再見見他啊！」巨人感嘆道。

很多年以後，巨人老了。他再也不能和孩子們一起玩耍了，只能坐在一把巨大的搖椅上，看孩子們在花園裡玩鬧，一邊欣賞著自己的花圃。

「雖然，我有很多美麗的鮮花。」他說：「但孩子們才是最美的花朵。」

一個冬日的清晨，巨人起床時望了望窗外。現在，他已經不討厭冬天了，因為他知道這只是春天在休息，花草樹木在睡覺罷了。

突然，他不可置信的揉了揉眼睛，又睜開眼看了看。那真是個奇妙的景象，在花園最偏僻的角落裡居然有一棵樹，它那金色的枝椏上開滿可愛的白色花朵，結滿銀色的果實，樹下正站著那個他最想念的小男孩。

巨人喜出望外，跑下樓，衝進花園，奔向小男孩。小男孩面帶微笑，對巨人說：「你曾讓我在你的花園裡玩耍，今天，我要帶你去我的花園，那裡就是天堂。」

那天下午，當孩子們跑進花園時，發現巨人安詳的躺在樹下，一動也不動，身上蓋滿了潔白的花朵。

智慧

第五章　了不起的火箭

國王的兒子就要結婚了，全國上下都沉浸在舉辦慶典的歡樂氣氛中。

王子一直盼著自己的新娘，等候了一年，她終於到了。新娘是俄國的一位公主，坐著一輛由六隻馴鹿拉的雪橇，從芬蘭一路趕來。雪橇的形狀猶如一隻優雅的金色天鵝，而公主就坐在天鵝的兩隻翅膀中間。她身上穿著一件拖曳至腳後跟的貂皮斗篷，頭上戴著一頂銀線繡製的小帽，皮膚白得就像她居住的白雪皇宮一樣。「她就像一朵白玫瑰！」人們邊說邊從陽臺上向她拋出美麗的鮮花。

王子在皇宮外等著他的新娘。他有一雙夢幻般的紫色眼睛，還有一頭金髮。當公主來到他的面前，他單膝跪下，親吻她的手。

「你的畫像很美。」他喃喃的說：「可是，你本人比畫像還要美。」小公主的臉龐瞬時染上了紅暈。

「她原本像一朵白玫瑰，現在，倒像一朵紅玫瑰了。」一個年輕的侍從這麼說，他的話也惹得所有人哈哈大笑。

三天後，婚禮舉行了。這是一個盛大的婚禮，王子和公主手牽著手走過，繡著小珍珠的紫色天鵝絨頂蓬。隨後，皇宮裡舉行了長達五個鐘頭的盛大宴會。王子和公主坐在大殿裡，共用一個晶瑩剔透的水晶杯喝酒。據說，只有真心相愛的人才能用這個杯子喝酒，要是對愛情不真誠的人用了這個杯子，杯子會立即黯淡無光。

「他們肯定是真心相愛的。」年輕的侍從說：「就像這晶瑩剔透的水晶杯一樣。」旁邊的人紛紛表示贊同。

宴會結束，接著又舉行了一場舞會。新郎和新娘一起跳舞，國王吹著笛子為他們伴奏。其實，國王吹得並不好，不過因為他是國王，不管他吹什麼，大家都會一起高喊：「棒極了！棒極了！」

婚禮的壓軸節目是施放煙火，施放的時間是當

天午夜。公主從來沒看過煙火，所以國王特別安排了皇家花炮手，負責這次的煙火表演。

飯後，在露臺上散步的時候，公主問王子：「煙火是什麼樣子？」

「就像出現在北極的極光。」國王搶著回答說：「你一定得看看它們！」

沒多久，御花園的一端搭起了一座高臺，等皇家花炮手把一切都布置好以後，煙火們就交談了起來。

「這世界真是太美了！」小爆竹嚷嚷著說：「我很高興我旅行過了。旅行能增加見識，消除一個人的成見。」

「國王的花園可不是整個世界，你這個傻爆竹！」羅馬燭光炮說：「這個世界很大，你要想看遍整個世界，得花上三天的時間。」

「任何地方，只要你愛它，它就是你的世界。」憂鬱的轉輪煙火發表出自己的看法。她年輕時曾愛過一個破舊的杉木匣，至今仍以這段失敗的戀情為豪，「不過，真正的愛情是痛苦的，是沉默的。我記得……算了，浪漫愛情早已成為過去。」

「你瞎說！」羅馬燭光炮反駁：「愛情永不消逝。它就像月亮一樣，是永恆的。你看，這對新郎新娘多麼相愛！」

突然，傳來一陣乾咳聲，他們紛紛轉頭四下張望。

原來，咳嗽的是一支高大的火箭炮，看起來神色傲慢，他被綁在一根長長的木棍上。每次他一說話，總要先乾咳一、兩聲，引起別人注意。現在，大家都靜靜的等著他往下說。

火箭炮又咳了兩聲，傲慢的說道：「國王的兒子真幸運，他結婚日子正好是我燃放升空的那天。這對他來說再好不過了，王子們總是那麼幸運。」

「太奇怪了！」小爆竹說：「我的想法恰恰相反，我認為我們是因為王子的婚禮才燃放的。」

「對你來說可能是這樣。」火箭炮說：「但是我不一樣，我可是了不起的火箭炮。我出生在一個了不起的家庭。我的母親是她那個時代最出名的轉輪炮，以優美的舞姿著稱。每次她出場，總要轉十九個圈再飛出去，向空中拋出七顆粉紅色的星星。她的直徑有三英尺半，她可是用最好的火藥製成的。我的父親也是個火箭炮，擁有法國血統。他能飛得很高很高，人們都擔心他不會再落下來了。不過，他奇蹟似的化作一陣金雨，光芒萬丈的落了下來。後來，連《宮廷公報》都讚賞他的火炮表演極為成功。」

「我知道，你說的是花炮吧？」旁邊的孟加拉煙火說：「我知道是花炮，因為我的匣子上就寫著這樣的字。」

「哦，我說的可是『火炮』！」火箭炮嚴肅的反駁，「……剛剛我說到哪兒了？」

「你在講你自己。」羅馬燭光炮回答。

「沒錯，我最討厭別人插嘴了，因為我對沒禮貌的行為最敏感了。」火箭炮說：「同理心是一種美德。我就是個有同理心的人，會為別人著想。如果說今晚我發生了什麼意外，會對很多人造成不幸，王子和公主也會為此難過，他們的婚姻也會因此破裂，而國王也會受不了這個打擊的。唉！一想起自己如此重要，我都快感動得流淚了。」

「你要想讓別人快樂，最好別哭濕了自己的身體。」羅馬燭光炮大喊。

「沒錯！」孟加拉煙火插嘴說：「這可是基本常識。」

「是啊！常識。」火箭炮生氣的說：「你可別忘了，我是個了不起的人物。我流淚是因為我感性，可是，你們一個個都不懂得欣賞。你們真是些沒感情的傢伙，只顧著開玩笑。」

「怎麼啦？」一個小火球嚷著：「我們為什麼不能開心呢？王子和公主舉行了婚禮，這是件多麼大的喜事。等我飛到天上，跟星星說起美麗的新娘，你會發現連他們都開心的眨著眼。」

「唉！你的人生太平凡了！」火箭炮說：「不過，這也不出我所料。你沒什麼知識，還缺少想像。喔！王子和公主也許會住在一條河流經過的地方，他們會生下唯一的兒子，那個孩子和他父親一樣，有著金髮和紫色眼睛。也許有一天，孩子會和保姆一起去散步。然後，保姆在樹下打瞌睡，孩子一不小心就掉進河裡淹死了。啊，太可怕了！可憐的王子和公主，他們失去了唯一的孩子！真是太可怕了！我永遠承受不了這種打擊。」

「可是，他們並沒有失去孩子啊！」羅馬燭光炮說：「什麼不幸都沒有發生。」

「我並沒有說他們失去了孩子。」火箭炮說：「我只是說他們可能會失去。要是他們已經失去了唯一的孩子，我這麼說就沒有任何意義了。我最恨那些出了事情才知道後悔的人。」

「虛偽！」孟加拉煙火喊道：

「你是我見過最虛偽的傢伙！」

「你是我見過最無禮的人！」火箭炮生氣的說：「你根本不了解我與王子的交情。」

「哼！你根本就不認識王子！」羅馬燭光炮吼道。

「誰說我不認識他！」火箭炮說：「我要是不認識他，我怎麼跟他做朋友。」

「不過，你最好別再流淚了。」小火球說：「這才是最重要的事情。」

火箭炮反駁道：「我想哭就哭。」說完，他真的哭了起來，淚水像雨點一樣順著他的棍子流了下來。兩隻小甲蟲正打算找個乾燥的地方安家，卻差一點被他的淚水給淹死。

「他可真是多愁善感。」轉輪炮說：「沒什麼好哭的，他卻能哭的那麼傷心。」她嘆了口氣，又想起心愛的杉木匣了。

可是羅馬燭光炮和孟加拉煙火卻很不高興，他們大聲的嚷嚷了起來：「胡說！胡說！」只要是他們不認可的事，他們就會說那是「胡說」。

這時，月亮像一枚美麗的銀盤，緩緩升到空中，星星也發出閃亮的光芒。宮殿裡響起美妙的樂聲，王子和公主一起跳著舞。他們跳得很優雅，連那些亭亭玉立的白蓮花都從窗外悄悄的望著他們倆。

午夜十二點，鐘聲敲響了。所有的人走上了露臺，國王派人喚來皇家花炮手。

「開始施放煙火！」國王一聲令下。皇家花炮手向他深深的一鞠躬，走下露臺，來到花園的另一邊。他帶了六名隨從，每個人都拿著一根火把。

這是一場盛大的表演。

「咻！」的一聲，轉輪炮旋轉著騰空飛起。「轟隆！」一下，羅馬燭光炮也直衝雲霄。爆竹們跳起了歡樂的舞蹈，把天空照得通紅一片。「再見！」小火球叫道，然後飛上了天空，撒下無數的藍色火焰。「啪啦！啪啦！」爆竹們也熱烈的響應。

大家都很成功，除了那個自以為了不起的火箭炮。因為他把自己哭得濕漉漉的，根本無法燃放。其他爆竹都快活的飛上天，開出了火樹銀花，煙花燦爛。「真好看！真好看！」整個皇宮裡的人都興奮的叫著，小公主也開心的笑了。

「我想，他們應該是要等到盛大場合才派我出場。」火箭炮對自己說：「肯定是這樣。」然後，他擺出十分傲慢的姿態。

第二天，僕人們來打掃花園。火箭炮把鼻子挺得高高的，趾高氣昂，還皺起眉頭，假裝在思考什麼重要的問題似的。可是，沒有人注意到他。當他們打算離開的時候，忽然有個僕人看到了火箭炮。「啊！」那個人喊了一聲，「這裡居然有個壞掉的火箭炮！」說完，便順手把它丟進旁邊的水溝裡。

「什麼?壞掉的火箭炮？」在半空中的他邊轉邊叫：「不可能，肯定是我聽錯了。」

接著就掉進了水溝。

「這裡一點兒也不舒服。」他說：「不過，這裡肯定是個溫泉。他們把我送到這裡，是想讓我早點恢復健康吧！」

這時，一隻小青蛙朝他游了過來，他有著一對如寶石般的明亮眼睛，還有一件帶斑點的綠外套。

「你是新來的吧？」小青蛙說：「呱呱！再也沒有什麼地方比爛泥塘更好了。只要天一下雨，這裡會變得很棒！我真希望今天下午能下雨，可是，天那麼藍，一片烏雲也沒有。真可惜！」

「咳咳！咳咳！」火箭炮乾咳了起來。

「今晚我們有個合唱，你可以來聽，就在農舍旁的養鴨塘。月亮升起的時候，我們就開始齊聲歌唱。」青蛙說：「呱呱！我們唱得非常悅耳好聽，所有人都躺在床上聆聽。昨天，我還聽見農夫的妻子對他說，因為我們的緣故，她一個晚上都沒睡。呱呱！看到自己這麼受人歡迎，真是太好了。」

「咳咳！咳咳！」火箭炮很生氣，但他插不進一句話。

「我得去找我的女兒了！我有六個漂亮的女兒。我真怕她們會遇上什麼危險。再見了！我們的談話真令人愉快。」青蛙說完，便游走了。

「真是個討厭的傢伙。」火箭炮說：「一點兒教養也沒有。這種人就知道不停的說著自己的事，真是自私到家了。青蛙應該跟我學學，做一個有同情心的人。他應該抓住機會，因為我馬上就要回宮去了。我可是宮中的寵兒，昨天王子和公主為了祝賀我才結婚的。不過，青蛙對這些一點兒都不知道，因為他是個徹徹底底的鄉巴佬。」

「你說這麼多根本沒用。」一隻停在棕色香蒲上的蜻蜓說：「一點兒用也沒有，因為他已經走遠了。」

「那是他的損失。」火箭炮說：「我可不是為了讓他聽見才說這些的。我喜歡自己展開長篇大論，這是一種快樂。雖然我很聰明，但是有時候我也不知道自己在講些什麼？」

「那麼，你應該去講授哲學。」蜻蜓說著便展開薄紗一樣的雙翼，輕盈的飛向天空。

「他不留下來真傻！」火箭炮說：「他不是每天都有機會聽我說話的。不過，我才不在乎！像我這樣的天才總有一天會受到人們的賞識的。」他在爛泥巴裡陷得更深了。

過了一會兒，一隻大白鴨游了過來。她有雙黃腿和一雙有蹼的腳，走起路來一搖一擺，被封為絕代佳人。

「嘎嘎！嘎嘎！」她說：「你長得很奇怪！你天生就是這樣，還是發生了什麼意外後變成這樣的？」

「你顯然沒進過城。」火箭炮說：「不然你肯定知道我是誰。不過，我原諒你的無知。如果我告訴你，我能飛到天上，化作一陣燦爛金雨落下來，你一定會十分驚訝。」

「我才不稀罕。」正好游過來的大白鴨說：「這有什麼用？你要是能像牛一樣耕田，像馬一樣拉車，像牧羊犬一樣看守羊群，那才了得。」

「天啊！」火箭炮非常傲慢，「你真是個下等人！他們選擇做苦力，是因為他們沒別的事好做，能跟我這種有身分的人比嗎？」

大白鴨向來脾氣好，不喜歡跟別人爭吵，便說：「算了算了，再吵下去也沒什麼用。那麼，你是想住下來吧？」

「啊！我才不要。」火箭炮喊道：「我只是一位客人，一位尊貴的客人。老實說，這裡太單調乏味了，不但沒什麼社交生活，又吵得要命。我是應該回到皇宮裡，因為我註定要轟動世界。」

「我以前也想過為社會服務。」大白鴨說：「不過，事情沒那麼簡單。所以，我最後還是決定專心料理家務，照顧我的家人。」

「咳咳！我生來就是做大事的。」火箭炮說：「任何時候，只要我們家族一出場，就能吸引所有人的目光。將來，等我出場的時候，一定很壯觀。在我看來，做家事會讓人老得很快，而且會讓人不再追求更高的目標。」

「嘎嘎！更高的目標。」大白鴨說：「想到這些我就肚子餓。」說完，她就游走了。

「回來！你給我回來！」火箭炮使勁的喊著：「我還有很多話要跟你說呢！」可是，大白鴨再沒有理他。

「走了也好，我高興還來不及呢！」他接著對自己說：「她的思想太俗氣了。」他在爛泥裡陷得更深，也更覺得天才註定是寂寞的。

忽然，兩個身穿白色粗布衣的小男孩跑了過來，一個抱著水壺，另一個抱著一堆柴火。「看！」其中一個小男孩發現了他，大聲嚷道：「這裡居然有根舊棍子！」說著，他把火箭炮撿了起來。

「舊棍子！」火箭炮說：「不可能！肯定是我聽錯了，他說的是『金棍子』，對，他把我誤認作宮裡的大官了！」

「我們把它丟進火裡煮水吧！」另一個孩子說。於是他們把柴火堆在一起，再把火箭炮放在最上面，然後點著了火。

「好極了！」火箭炮快樂的叫了起來：「他們要在白天燃放我，這樣，每個人都能看到我的表演了。」

「我們先睡會兒吧！」孩子說道。於是，他們在草地上躺下來，閉上了眼睛。

火箭炮濕透了，所以經過很長時間才完全乾燥。最後，他終於被點燃了。「咳咳！我就要燃放升空了！」他嚷嚷了起來，還把身子挺得直直的，「我要飛到比星星還高，比月亮還高，比太陽還高的地方……。」

咻！咻！他一飛衝天。「棒極了！」他叫著：「我要一直這樣不停的飛，看，我多麼成功！」

可是，誰也沒看見他。

「我要爆炸了！」他高聲吶喊著：「我要轟動全世界，讓人們在未來的一年裡都討論著我的事蹟！」然後，他真的爆炸了。

可是，沒有人聽見，連那兩個小孩也無動於衷，因為他們已經睡著了。現在，火箭炮只剩下一根棍子了，這根棍子掉下來恰巧打到一隻在水溝邊散步的鵝。

「天啊！」鵝嚇一跳，大叫出聲：「天上怎麼下起棍子雨來了。」說完，她便一骨碌跳進水裡。

「我就知道我會轟動全世界！」火箭炮喘著最後一口氣，說完便熄滅了。

第六章　少年國王

在加冕的前一個晚上，少年國王獨自坐在富麗堂皇的寢宮裡。他的大臣們按規矩行了禮之後都告退了。

他還是個孩子，今年只有十六歲。看到大臣們走了，他終於鬆了一口氣，用慵懶且舒適的靠在繡花長椅的軟墊上，靜靜的躺著，看上去就像膚色黝黑的森林之神。

當初獵人遇到他的時候，這個孩子光著腳，手裡拿著笛子，正在為牧羊人放羊。在那之前，他一直以為自己是牧羊人的兒子，其實他的母親是老國王的獨生女兒，她和一個地位卑微的人秘密結婚後生下了他。

有人說，他的父親是個貧民，能吹出魔幻的笛聲，迷惑公主愛上他；又有人說，他的父親是位藝術家，才華備受重視，可是他突然離開了這個國家，走的時候連教堂裡的壁畫都沒有完成。

父親離開的時候，孩子才出生一個星期。在母親熟睡的時候，他被人偷偷抱走，送給了一對沒有孩子的農家夫婦撫養。母親醒來後，不到一個鐘頭便與世長辭。也許她是因為悲傷過度，也許是像御醫所說的那樣染了重病；也或者是如傳言所說，喝下了毒藥。她被葬在城外一處荒涼的墓地，據說下葬的時候，墓穴裡還有一具屍體，是一個容貌英俊的異國男子，雙手被反綁，身上滿是傷痕。

反正，人們私下都是這麼說的。不過，有件事倒是真的。老國王臨死前，不知道是對自己所犯的過錯感到後悔，還是擔心王權落到別人手裡，便差人找回了那個孩子，並當著所有大臣的面指定他為繼承人。

孩子被指定為繼承人後，似乎

對一切美麗的事物表現出極大的熱情。當他看見華美的衣裳和珍貴的珠寶，就神情驚訝的叫出來，欣喜若狂的脫掉身上的舊衣服。儘管有時候，他也會想念山林間自由自在的生活，因為宮中的禮節實在是繁複，讓他心煩氣躁。但如今，他是這座輝煌宮殿的主人，一切都是新鮮有趣的，所以只要一有空，他就會從一個房間走到另一個房間，從一條走廊穿到另一條走廊。

對他來說，這就和探險一樣，也像是在仙境中漫遊。有的時候，會有幾名身披紗衣、繫著漂亮絲帶的金髮侍從陪在他身邊；不過，更多的時候，他總是獨自一人，憑著天生的敏銳直覺去尋找新奇的世界。

聽說，他曾跪在一幅從威尼斯運來的畫像前，凝視著那幅暗示人們崇拜神祇的畫像。又有一次，他不明失蹤了好幾個小時。最後，人們才在皇宮北側角樓的一個小房間裡找到他，當時他正出神的望著寶石雕刻的希臘神像。此外，他還曾一整個晚上不睡，只為觀察月光照耀在銀像上的各種變化。

凡是稀有珍貴的東西都令他神往，強烈地想得到它們。於是，他派人去向北海的漁民收購琥珀；去埃及尋找法老陵墓中神奇的綠松石；去波斯收集絲絨編織的毛毯和彩繪陶器；去印度採買薄紗、象牙、月長石、翡翠鐲子、檀香和羊毛披肩。

但是，最讓他神往的就是加冕時要穿的那件金線長袍，還有鑲滿紅寶石的皇冠和串著珍珠的權杖。今天晚上，當他躺在這豪華的長椅上，望著大塊松木在火爐中慢慢燃燒時，心裡想的就是這個。這些行頭都是由最知名的工匠設計，早在幾個月前他們就把設計稿呈遞上來。然後，他便下令，讓工匠們不分晝夜的趕製，並派人去各地搜尋和它們搭配的珠寶。一想到自己穿著華麗的長袍站在高高的祭壇上，他那帶著孩子氣的嘴唇不禁露出微笑，那雙烏黑的眼睛也閃爍著快樂的光芒。

忽然，他站起身，走到窗邊。窗外，大教堂的圓頂在夜晚的霧色中若隱若現，疲憊的哨兵正在靠近河的露臺上來回巡邏。遠遠的，果樹園裡傳來夜鶯啼囀的動人歌聲，空氣中隱隱飄來茉莉

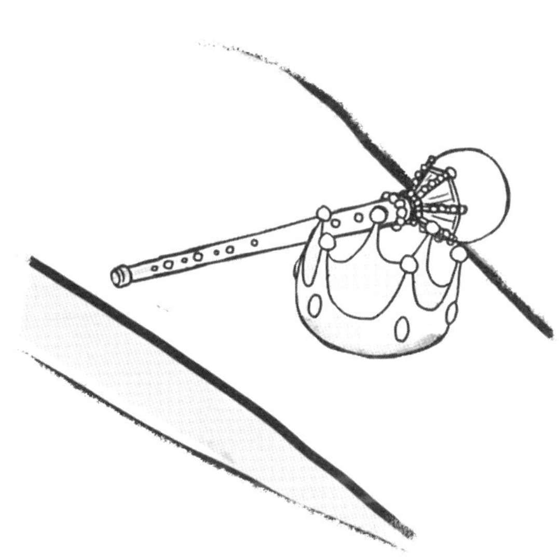

花的淡淡香味。他的眼皮沉甸甸的，一股莫名的倦意向他襲來。

午夜的鐘聲響起，他拉鈴召喚侍從們進來。侍從們為他更換衣服，在他的手上灑上玫瑰香水。待侍從們離開房間，不久他便進入了夢鄉。

他做了一個夢——

他夢見，自己站在一間長而低矮的閣樓裡，周圍是一片織布機的轉動聲和敲擊聲。微弱的光線透過格子窗戶照射進來，映照在織工們的身上。一些面帶病容、臉色蒼白的孩童正在操作機器，而幾位瘦弱的婦女圍坐在一張桌子前針織縫補。空氣又悶又熱，牆壁濕漉漉的不停滴著水。

少年國王走向一名織工，站在他的旁

邊看著他工作。

織工生氣的望向他，問道：「你為什麼盯著我看？難道，你是主人派來的監工？」

「你們的主人是誰？」少年國王問道。

「我們的主人，」織工痛苦的說：「他和我一樣都是人，只是他穿漂亮衣服，我卻只能穿破舊衣服。我總是餓肚子，他卻能餐餐都吃得飽。」

「這是個自由的國家。」少年國王說：「你不是任何人的奴隸。」

「在戰爭年代，強者逼迫弱者做奴隸。」織工回答：「而在和平的年代，富人強迫窮人做苦力。我們必須拼命工作養活自己，可是，我們的工錢少得可憐。」

「所有人都像你一樣嗎？」少年國王問道。

「是的。」織工回答：「男女老少都是這樣。我們誰都過著這種生活。不過，這跟你有什麼關係？看你的臉就知道，你是個快活的人。」他不高興的轉過頭，繼續織著布。穿梭在梭子上的金線攫住了少年國王的目光。

他吃了一驚，問道：「你在織什麼？」

「少年國王加冕穿的長袍。」織工回答：「這跟你有什麼關係嗎？」

少年國王慘叫一聲，從睡夢中驚醒。他發現自己正躺在寢室裡，原來剛才只是一個夢，月亮正高高掛在天上。

後來，他又睡著了，做了另一個夢——

他覺得自己躺在一艘大船的甲板上，一百個奴隸正在吃力的划著槳。船長坐在他旁邊的毯子上，他黝黑得像烏木，頭上包著紅色頭巾，厚厚的耳垂上掛著一堆偌大的銀耳墜，手裡拿著象牙秤桿。

奴隸們身上只裹了一塊破舊的纏腰布，彼此間被一串串的腳鏈鎖在一起。天氣非常炎熱，皮鞭抽在他們身上，他們不得不用瘦削的肩膀吃力的划著沉重的槳。

終於，他們抵達了一個小海灣。船員拋下錨，收起帆，放下繩梯。然後，他們抓住一名年紀最小的奴隸，打開他的腳鐐，往他的鼻孔和耳朵裡塗滿蠟，在他的身上綁上大石頭。小奴隸疲憊的爬下繩梯，沉入海裡，在他入水的地方浮起了些許氣泡。

過了一會兒，他冒出水面，大口大口的喘著氣，左手緊緊的抓著繩梯，右手拿著一顆珍珠。船長從他手裡一把拿過珍珠，又把他推進海裡。

他又上來好幾次，每次都帶來一顆美麗的珍珠。船長用秤桿秤重之後，便把珍珠放進綠色的小袋子裡。

少年國王想說些什麼，卻發不出一點兒聲音。

小奴隸最後一次浮出水面時，帶來的珍珠比所有的珍珠都要美麗，因為它渾圓得就像一輪滿月，亮白的彷如清晨星斗。可是此刻，奴隸的臉也十分蒼白，他突然倒在甲板上，接著便一動也不動了。旁邊的人隨即把他丟進大海，無所謂的聳聳肩。

船長笑了笑，拿起那粒珍珠，看了看說：「剛好可以用它來裝飾少年國王的權杖。」

少年國王聽了，嚇了一跳，大叫一聲，從夢中驚醒過來。那時，天空濛濛亮，星星的光芒正逐漸退隱。

後來，他又沉沉睡去，做起第三個夢來——

他走在一個黑漆的樹林裡，樹上結著奇形怪狀的果實，開著絢麗無比的花朵。他走著走著，來到了一條乾涸的河床邊，一大群人在那裡工作。有些人正拿著斧頭劈石頭，有的在沙地裡淘東西。每個人都在辛苦忙碌，沒有一個偷懶的人。

從山谷底部的淤泥中鑽出來無數條巨龍和長著鱗甲的怪物，一大群胡狼也在沙地上橫衝直撞。

少年國王非常害怕，哭了起來：「這些人是誰？他們在找什麼？」

「他們在尋找國王王冠上鑲嵌的紅寶石。」一個站在他身後的人回答。

少年國王吃了一驚，轉過身，看見一個手裡拿著鏡子的人，便問他：「哪個國王？」

那人回答：「你看這面鏡子吧！他就在鏡子裡。」

少年國王接過鏡子，卻在鏡子中看到自己，他大叫一聲，從噩夢中驚醒。那時，天已經亮了。窗外，陽光燦爛，鳥兒們正在樹上歡快的啼唱。

大臣們走進他的寢殿，紛紛向他行禮，侍從們為他取來加冕的長袍、王冠和權杖。

少年國王看著那些東西，它們的確很美，比他以前見過的任何東西都要美麗。可是，他想起了自己的夢，便對大臣們說：「把這些東西拿走吧！我不要穿戴它們。」

大臣們吃了一驚，以為他是在開玩笑。

可是，他又很嚴肅的對他們說：「把它們都拿走吧！藏起來別讓我看見。雖然今天

是我加冕的日子，但我不會穿戴它們。」然後，他把那三個夢告訴了他們。

大臣們聽完故事，低聲交談了起來：「他一定是瘋了！夢畢竟是夢，根本不用在意這種東西。那些為我們辛苦工作的人和我們有什麼關係？」

其中一個大臣便對少年國王說：「國王陛下，請您拋開那些晦澀的想法，穿上這漂亮的袍子，戴上這頂皇冠吧！您要是不穿王袍，老百姓怎麼知道您是國王呢？」

少年國王望著他，說：「真的嗎？如果我沒穿王袍，他們就認不出我是一國之君嗎？」

「是的，國王陛下。」大臣們齊聲說。

「也許你們是對的。」少年國王說：「但是，我還是決定不穿這件長袍，也不戴這頂皇冠。進宮的時候我穿著什麼，現在我就穿什麼。」

然後，他吩咐大臣們退下，留下一個侍從為他沐浴。然後，他拿出從前牧羊時穿的舊外套，把它穿在身上，手裡拿著牧羊杖。之後，他又隨手折下露臺上的一節荊棘，把它彎成一個圓圈，當成皇冠放在自己頭上。

他來到大殿，大臣們正在那裡等候。

看見少年國王的這身打扮，有的訕笑的說：「國王陛下，百姓們正在等您的出現，可是您卻打扮成乞丐的模樣。」另一些大臣則憤怒的喊道：「他真是丟盡我們國家的臉，根本就不配做我們的國王！」少年國王沒有理會他們，他走下臺階，跨上馬，直接朝大教堂奔去。

百姓們見了，還嘲笑他是國王的僕人。

少年國王勒住馬，嚴正的說道：「不，我就是你們的國王。」

有個人從人群中走出來，對少年國王說：「國王陛下，我們就是靠您的奢華才能活命。雖然，我們工作得很辛苦，但是，這總比沒工作好啊！所以，您還是回到皇宮裡，穿上您的華麗衣裳吧！我們所受的痛苦和您有什麼關係呢？」

「窮人和富人難道不是兄弟嗎？」少年國王問道。

「是的。」那人答道：「可是那個富有的兄長卻殘害自己貧窮的弟弟。」

少年國王聽了，眼裡盈滿淚水，在議論聲中前進。

來到大教堂的大門口時，士兵們攔住他，問道：「你來這裡幹什麼！這扇門只有國王陛下才能進入。」

少年國王聽了非常生氣，對他們說：「我就是你們的國王。」然後，他便走了進去。

老主教看見他的打扮，驚訝的說：「孩子，這是加冕的禮服嗎？我該拿什麼皇冠為你加冕呢？在本該歡欣榮耀的日子，你為何穿得這麼落魄？」

「可是，難道我的快樂應該建立在別人的痛苦之上嗎？」少年國王說。然後，他把自己的三個夢告訴了老主教。

老主教聽完，皺了皺眉，說：「孩子，我已經老了，我知道這個世界上有許多罪惡之事。凶殘的土匪從山上跑下來，把小孩綁架拿去賣。痲瘋病人離群索居，住在蘆葦搭建的房子裡，沒人敢靠近他們。乞丐們流落街頭，跟狗爭食物吃。可是，你一個人就能阻止這些事情發生嗎？你願意和痲瘋病人睡同一張床，和乞丐一起吃飯嗎？有些事情是上天的旨意，你會比祂聰明嗎？我看，你還是回到皇宮，過著無憂無慮的日子，穿著符合你身分的衣服，別再去想那些夢了。否則，你只會白白增添煩惱。」

「你怎麼能在教堂裡說這樣的話！」少年國王說。然後，他大步跨上祭壇的臺階，站在基督像的面前。他跪下雙膝，低著頭祈禱。

忽然，街上傳來一陣喧嚷聲，衣冠楚楚的貴族手執閃亮耀眼的長劍衝了進來。「那個愛做夢的人在哪裡？」他們叫嚷著：「那個像乞丐一樣的國王在哪裡？我們要殺了他，他根本就不配做我們的國王！」

可是，少年國王仍默默低頭祈禱，等祈禱完畢，他才轉過身子，用悲傷的眼神看著他們。

陽光穿透教堂的彩色玻璃，照耀在他的身上，為他編織了一件光彩炫目的金色皇袍；他那根枯槁的權杖上，開出了比珍珠更潔白的百合花；他頭頂的荊棘也綻放出比紅寶石更璀璨的玫瑰花。

少年國王站在那裡，他穿著一身黃袍站在那裡。教堂的風琴奏起音樂，喇叭手吹響喇叭，孩子也唱起詩歌。

老百姓紛紛跪下來，貴族們也收刀入鞘，老主教臉色慘白，顫抖的說：「比我更偉大的那位已經為你加冕了。」然後，他也恭敬的跪了下來。

少年國王從高高的祭壇上步下臺階，穿過人群返回皇宮。沒有人敢直視他，因為他的面容宛若天使。

真心

第七章　西班牙公主的生日

今天是個陽光燦爛的日子，也是西班牙公主十二歲的生日。她是個真正的公主。不過，她和窮人的孩子一樣，每年只有一個生日，因此，全國上下的人都把這天看作一個非常重要的日子。這一天，天氣很不錯，是個大晴天。皇宮的花園百花齊放，空氣中充滿鬱金香、玫瑰花、石榴花、玉蘭花的陣陣香氣；紫色的小蝴蝶搧動著灑滿金粉的翅膀，在花叢中採蜜；小蜥蜴從牆壁縫隙中爬出來，在太陽底下懶洋洋的舒展身體。

小公主和她的玩伴們在陽臺上嬉戲，繞著石花瓶和布滿青苔的古雕像玩捉迷藏。平時，她只能和身分相當的小孩一起玩耍，所以，她常是孤零零的一個人。可是，在她生日這天，國王允許她邀請她喜歡的小朋友進宮來跟她一起玩。他們都穿著漂亮的衣服，舉止優雅。不過，小公主是他們當中最高貴、最時尚的一位。她的裙子是用上等的錦緞製成，裙擺和寬大的袖口上繡著精緻的銀花，領子下面裝飾著昂貴的珍珠。她的鞋子上繡著粉紅色的玫瑰花，她手中的薄紗扇是粉色和珍珠色的，而她那金黃的頭髮上插著一朵美麗的白玫瑰。

國王透過窗戶，看著他們在花園裡玩耍，他顯得鬱鬱寡歡，甚至比平時更加悲傷，因為他想起了王后。在小公主六個月大的時候，年輕的王后便去世了，她還來不及看到花園裡的杏樹開第二次花，也沒能第二次採摘無花果樹的果實。現在，國王已經無心關注花園，院子裡雜草叢生。國王深愛著王后，所以不忍把她下葬。於是，他吩咐醫生用一種特殊的香料將她的身體保存起來。直到現在，她還沉睡在黑色大理石宮廷教堂內的棺架上，依舊保持著當年的模樣。

不過今天，他彷彿又看見活生生

的王后，記起他們的第一次相遇，回想起他們盛大的婚禮。當時，他是那麼瘋狂的愛她，甚至為她忘記一切國家大事。王后死後，他差點瘋了。要不是因為擔心自己的女兒被他那個殘酷的弟弟迫害，他早就退隱到修道院了。許多人甚至懷疑當年王后是被國王的弟弟毒死的，據說王后去拜訪他的城堡時，他送了她一雙塗滿了毒藥的手套。為了懷念死去的王后，國王曾下令全國服喪三年。三年以後，有的大臣勸他再娶一位新王后，不過，國王不同意，並說他已經和「憂傷」成婚，以後不會再娶了。

今天，望著小公主在陽臺上玩耍，他再一次想起和王后在一起生活的種種甜蜜，也再次經歷王后驟然離世所帶來的巨大痛苦。公主的俏皮與傲慢，她的言行舉止，乃至她的長相，都和她的母親極其相似。小公主不時的抬起頭望著窗子，但國王卻放下簾子，走開了。

她很失望，噘起了小嘴，又聳了聳肩。今天是她的生日，父親本來應該陪陪她的。那些無聊的國事有什麼要緊的？也許，父親又去了那個陰森森的宮廷教堂了吧？不過，她是不被允許進到裡面去的，她知道那裡永遠都點著蠟燭。父親真傻，白白浪費這麼美好的陽光。這裡的每個人都那麼高興，他卻要一個人躲起來！他會錯過很多精采節目的。她那位叔父和大主教似乎更近人情，他們來陽臺向她表示祝賀。她驕傲的抬起了自己的頭，拉著叔父的手，慢慢走下臺階，來到花園中的一個紫綢帳篷裡。其他小孩都嚴謹的依序走在她的身後，誰的名字最長，就走在最前頭。

一隊裝扮成鬥牛士的貴族男孩列隊迎接她，年輕的伯爵只有十四歲，是個美少年，他穿著華麗的衣服，優雅的向她脫帽致敬，並引導她走到鑲金的象牙座椅子前。然後，所有的女孩圍成圈坐在小公主的身旁，揮著大扇子低聲的交談。所有人都在微笑，就連那位平日裡十分嚴肅的公爵夫人的臉上也掠過一絲淡淡的微笑，她那蒼白乾扁的嘴唇也微微向上牽動。

這確實是一場精采的鬥牛戲，在小公主看來，這比真正的鬥牛還要好看。一些男孩騎著披上華麗外衣的木馬在場子裡來回奔跑，並揮動著長槍，另一些男孩則徒步走著，在裝扮成牛的男

孩面前揮動鮮紅的斗篷。如果「牛」奔跑過來，他們便敏捷的跳過柵欄；「牛」卻仍在場子裡繞個不停。鬥牛表演非常精采，讓女孩們十分興奮，她們竟然起來，揮動著繡花的絲巾，喊道：「太棒了！精采極了！」

後來，年輕的伯爵把「牛」放倒在地上，請小公主允許他進行「致命的一擊」，得到她的許可後，他便將木劍刺進「牛」的脖子裡，結果用力過猛，竟把「牛」頭給砍了下來，惹得大家一陣大笑。

下一個節目是由義大利一個傀儡戲班表演的悲劇。傀儡的動作非常逼真，演出十分自然。等這齣戲結束的時候，公主的眼裡已經噙滿淚水。有幾個女孩哭得十分厲害，旁邊的人不得不拿糖果去安慰她們。大主教也十分感動，他忍不住對旁邊的人說：「這些用木頭和彩蠟做成的傀儡，在提線的牽動下，居然這麼悲傷，還遭逢如此悲慘的境遇，實在讓人為它們感到難過。」

接下來進場的是一個非洲人變戲法的表演。他提來一個扁平的大籃子，籃子上蓋著一塊紅布。他把籃子放在場子中央，從頭巾上取下一根奇怪的蘆管吹奏起來。沒過多久，紅布動了起來，蘆管吹出的音樂越來越尖銳，忽然，兩條綠色的金環蛇從布下伸出三角形的腦袋，牠們慢慢直立起來，跟著音樂來回晃動，就像一棵浮在水中的植物一樣。

孩子們看到牠們火紅的舌頭，覺得非常害怕。不過，變戲法的人在沙地裡種下一棵小小的橘子樹，然後橘子樹開出美麗的白色花朵，真的結出了幾個果子，孩子們立即開心了起來。最後，變戲法的人隨手拿起一把扇子，把它變成一隻藍色的小鳥在帳篷裡飛來飛去，孩子們真是又驚又喜。

隨後，由聖母院的舞蹈班表演動人的「聖母舞」。跳舞的男孩們身上妝飾著大片大片的鴕鳥羽毛，在陽光下踏著莊嚴的舞步，那身耀眼的白色服裝，在那略帶黝黑的皮膚和頭髮的襯托下，顯得更加炫目。所有的人都被他們徐緩優雅的動作給迷住了。

不過，所有節目中最有趣的是小矮人的舞蹈。小矮人搖搖晃晃的移動著那雙彎曲的腳，左右擺動著那個大大的腦袋，連滾帶爬的來到場子中央。孩子們歡呼起來，連小公主也忍不住笑出聲來。雖然，她這麼

做很不符合自己的身分，但是小矮人太有魔力了，即使是以熱衷古怪事物著稱的西班牙皇宮，也是第一次看到這種怪模怪樣的傢伙。

其實，這是小矮人首次登臺演出。前一天，兩個貴族在樹林裡打獵的時候遇到他，便把他帶進宮，打算給小公主一個驚喜。小矮人的父親是個貧窮的燒炭工人，看見有人肯收養這個醜陋無比且毫無用處的孩子，他倒是十分高興。不過，小矮人一點也不曉得自己長得難看。他很快樂，而且精力充沛。孩子們笑，他也跟著笑。每次一跳完舞，他就對每個人鞠躬，並對他們微笑，好像自己是他們的一份子，並不是上天創造供別人戲弄的怪物。見到美麗的公主，他立即被她迷住了。在他表演完畢後，她取下頭上那朵白玫瑰，把花丟給場子裡的他。他認真的拿起花，按在自己粗糙的嘴巴上，另一隻手按在胸口，跪在地上，眼睛裡充滿喜悅的光芒。

小公主似乎也忘記自己的身分，在小矮人離場後，她還不停的笑著，並對自己的叔父說，她希望小矮人能再表演一次。不過，她的侍從提醒她，應當回宮殿裡去了，因為宮中已備妥一場盛大的宴會正等著她。

於是，小公主莊重優雅的站了起來，吩咐小矮人在午睡之後再為她表演一次，並向殷勤招待的伯爵表示感謝，便回宮去了。

小矮人聽說自己要在公主面前再次表演，而且是公主親口要求，高興極了，得意忘形的跑進花園，不停的親吻著白玫瑰，動作既笨拙又難看。

花兒們看到他魯莽的闖進來，十分不開心。可是，小矮人依舊在花叢中跳來跳去，興奮的揮動著雙手。

「他長得這麼難看，根本就不應該來這裡玩。」鬱金香嚷嚷了起來。

「他真是個可怕的傢伙！」仙人掌說：「他又矮又胖，頭大得出奇，腳又小的不得了。他要是敢靠近我，我就用我的尖刺去刺他。」

「不過，他卻拿到了我最美麗的一朵花！」白玫瑰樹大聲的說：「今天早上，我特地把它送給公主作為生日禮物，他竟然從公主那裡把它偷走了。」於是，玫瑰樹拚命的大喊：「小偷！小偷！小偷！」

不過，鳥兒們卻很喜歡他。牠們常常看見小矮人在樹林裡玩耍，有時像精靈一樣追趕著空中飛舞的樹葉，有時蹲在老橡樹的洞口把堅果分給松鼠吃，牠們都不介意小矮人醜陋的長相。

小矮人對鳥兒們都很仁慈，即使是在嚴寒的冬天，當樹上沒有任何果子，土地被凍得硬邦邦的，小矮人也沒有忘記鳥兒，他總是把自己的那一塊小小的黑麵包捏成碎屑分給牠們吃。所以，牠們繞著小矮人飛來飛去，吱吱喳喳的叫個不停。小矮人非常開心，他忍不住把那朵美麗的白玫瑰給牠們看，並告訴牠們這是公主送給他的，因為公主愛他。

其實，鳥兒們根本聽不懂他說的話，可是這並沒有關係，因為牠們歪著頭，彷彿能聽懂他說話的樣子。

然而，鳥兒的舉動卻讓花兒們非常擔心。「這樣不停的蹦蹦跳跳，真是太沒有禮貌了！」花兒們說：「有教養的人，就像我們這樣，應該規規矩矩的待在同一個地方，這是身為一朵花應有的尊嚴。」說完，花兒紛紛抬起頭，擺出驕傲的姿態。過了一會兒，她們看見小矮人從草地上爬了起來，穿過陽臺走向宮殿，都非常高興。「真該把他一輩子都關起來。」花兒們說：「看他的駝背和彎腿。」說著，她們還嗤嗤的訕笑起來。

可是，小矮人一點兒也不知道花兒們的想法，他認為除了小公主以外，花兒是世界上最美麗的東西。他真希望能和小公主一起到樹林裡去！他會成為她很好的夥伴，教她各種有趣的東西。他能用燈芯草做成小籠子，把會唱歌的蚱蜢放在裡面；他還能把細長的竹子做成笛子，吹出醉人的音樂；也能辨別各種鳥兒的叫聲，認出不同野獸的足跡，知道牠們在哪裡築窩。要是公主來林子裡同他一起玩耍，他會把自己的小床讓給她，自己守在窗外直到天亮，不讓任何野獸靠近。天亮後，他會輕輕的敲著門板，喚醒她，然後一起出去玩上一整天，因為林子裡充滿樂趣，任何時候都不會讓人覺得寂寞。他會用紅果子為她做一串項鍊，用螢火蟲做成星星點綴在她的金髮上。

可是，公主在哪裡呢？他問白玫瑰，白玫瑰並沒有給他答案。整座皇宮都靜悄悄的。他轉來轉去，好不容易才找到一扇微微開著的小門，便溜了進去。這是一個富麗堂皇的大廳，可是小公主並不在那裡，只有幾個白色大理石雕像佇立在綠色底座上，用憂鬱的眼神望著他，嘴角漾著奇怪的微笑。

他走過一個又一個房間，最後來到一間明亮耀眼的房間。所有的家具都是純銀打造，上面點綴著美麗的鮮花。地板是以綠色瑪瑙鋪設，一眼望過去，仿佛看不到邊際。而且，房間裡不止他一個人。屋子的另一頭，在門的陰影下站著一個小小的人影。他心中一顫，快樂的驚叫一聲，跑了過去。這個時候，那個小人兒也朝他跑了過來。他終於看清楚這東西的模樣了。

公主？不，他是一個怪物，是他見過最難看的東西。他和平常人長得不一樣，駝背、彎腳，還有大得出奇的腦袋和一叢鬃毛似的的黑髮。小矮人皺起眉頭，那個怪物也皺起眉頭。他笑了笑，怪物也笑了笑。他把手插在腰上，怪物也把手放在腰上。小矮人朝他走過去，怪物也離他越來越近。最後，他伸出他的手，怪物也伸出手，他們的手觸碰到一起。他想再往前推，卻碰到光滑堅硬的東西。這時，怪物的臉緊緊的挨著他的臉，他的臉上滿是驚恐。然後，他慢慢往後退，怪物也跟著退開。

他是誰？他想了一會兒，轉身看了看屋子裡的其它東西。真是奇怪，這裡有幅畫，牆上也有一幅畫。這裡有一張椅子，牆上也有一張椅子。什麼東西都有一模一樣的影子。

他吃了一驚，從懷裡拿出那朵美麗的白玫瑰，親吻它。可是，那個怪物也有一朵玫瑰，一模一樣的玫瑰花！他也在親吻它，把它放在自己的胸口。

然後，他明白了真相，絕望的叫出聲來，倒在地上失聲痛哭。原來，那個醜陋無比、駝背彎腳的傢伙居然就是他自己。他就是那個怪物！表演的時候，所有的孩子都是在嘲笑他。他原以為小公主愛他，其實，她也是在嘲笑他的醜陋。樹林裡沒有鏡子，沒有人告訴他，他是多麼醜陋。為什麼父親把他賣掉，讓他在這麼多人的面前出醜？淚水從他的臉上流淌下來，他把白玫瑰撕得粉碎。鏡子裡那個趴在地上的怪物也做出同樣的動作，把花瓣拋向空中。他們對望著，帶著痛苦扭曲的眼神。他不願再看到他，用兩隻手蒙住眼睛爬開，像一隻受傷的動物，躺在陰影裡不停的呻吟。

就在這時候，小公主和她的玩伴們走了進來，他們看見小矮人躺在地上，捏緊拳頭捶打著地板，樣子古怪誇張，便大笑起來，圍在他的周圍看著他。

「你的舞蹈很有趣。」公主說：「現在，你給我們跳舞吧！」

可是，小矮人沒有抬起頭。他停止了抽泣，突然發出一聲怪異的叫聲，接著就倒臥在地板上，一動也不動。

公主生氣的跺著腳，對她的叔父說：「您把他叫起來，給我們跳舞吧！」

於是，公主的叔父來到小矮人的身邊，用他的繡花手套拍拍小矮人的臉，說：「快起來跳舞吧！小怪物，你得逗公主開心啊！」

可是，小矮人一動也不動了。

「真該找人狠狠的抽他幾鞭子。」說完，公主的叔父便生氣的離開了。可是，一位大臣卻一臉嚴肅，他蹲跪在小矮人的身旁，用手按在小矮人的胸口。過了一會兒，他站起來，向公主深深的一鞠躬，說：「美麗的公主，這個有趣的小矮人再也不會跳舞了。」

「他為什麼不再跳了？」公主笑著問道。

「因為他的心碎了。」大臣回答。

公主皺皺眉頭，生氣的抿起嘴，「那麼，以後凡是陪我玩的人都必須沒有心才行。」說完，便跑到花園裡去了。

第八章　漁夫和他的靈魂

每當夜色來臨，年輕漁夫都要出海捕魚。但凡碰上風從陸地上吹來的日子，他便捕不到魚，因為那是一種長著黑翅膀的大風，能捲起一波波的大浪。可是碰上風從海上吹來的日子，他便有好收穫，因為這時魚兒會從水裡跳躍出來，一隻隻地鑽進他的漁網裡。

有一天晚上，在他收網的時候，發現漁網重得不得了，差一點讓他翻船。「看來我一定是捕到了很多魚，這下子有趣了。」他笑著對自己說：「要不然就是一件稀奇的寶物，可以獻給女王陛下。」然後，他使勁的拉著繩纜，最後整張網終於被拉上來了。

奇怪的是，漁網裡連一條魚也沒有，也沒有寶物，只有一個熟睡的美人魚躺在裡面。她的頭髮就像金色羊毛，她的身體像雪白的象牙；她的尾巴如泛著光芒的銀子，上面繞著碧綠的海草；她的耳朵像貝殼，嘴唇顏色像紅珊瑚。冰冷的海水拍在她的身上，海鹽在她的眼皮上閃閃發光。

她是如此的美麗，年輕漁夫輕柔的將她抱進懷裡。小美人魚驚醒，尖叫出聲，紫水晶般的眼睛充滿恐懼。可是漁夫把她抱得緊緊的，不肯放她走。

眼見自己無法逃脫，小美人魚哭了起來，她對漁夫說：「請你放我走吧！我是海王唯一的女兒，我的父親年事已高，只有我這麼一個親人。」

可是，年輕漁夫說：「我可以放你走，但是你得答應我一個條件，只要我呼喚你，你就必須前來為我唱歌。因為，魚兒聽了你的歌，就會主動游進我的漁網裡，那樣我就不用再為生計煩惱了。」

「只要我答應你，你真的會放我走嗎？」小美人魚問他。

「嗯，真的。」年輕漁夫

回答。

於是小美人魚立刻發誓，漁夫也鬆開手讓她回歸大海。

每天晚上，年輕漁夫出海打魚的時候，都會把小美人魚叫來。她聽到召喚，便浮出水面，唱起動人的歌。海豚們成群的在她身邊嬉戲，海鷗們也在她頭頂翱翔。

她將人魚們的故事唱了一首又一首的歌：他們把牲畜從一個洞又趕到另一個洞，肩上扛著小牛犢；她還唱到半人半魚的海神，他們的鬍鬚是綠色的，在海王生日的時候，他們也會前來助興，吹奏螺旋形的海螺；她還唱到海王的宮殿，琥珀的宮牆，綠寶石的屋頂，還有珍珠鋪成的地板；也唱到海底的花園，那裡有很多美麗的珊瑚，魚兒在裡面徘徊，就像小鳥在空中飛翔；又唱到從北邊游過來的大鯨魚，背鰭上還掛著尖尖的冰柱；她還唱到海中的女妖，講著一則又一則動聽的故事，行船過往的商客不得不用蠟塞住自己的耳朵，深怕被她們的故事吸引，一不小心掉進海裡淹死；還唱到海底的沉船，凍僵的水手們緊緊抱著纜繩，青花魚在船艙之間穿梭；唱到會彈豎琴的雄人魚，他們能把大海怪催眠；又唱到那些長著彎曲長牙的海獅，以及飄動著鬃毛的海馬。

每當她唱起歌，金槍魚就會從深海中浮出來，年輕漁夫只要撒網便能抓住牠們。看到他的船裝滿魚，小美人魚便會微笑著游走。

可是，她始終不肯靠近年輕漁夫。只要他想捉住她，她便像敏捷的海豹一樣跳進水裡，而且那一天都不會再出現。她的歌聲一天比一天好聽，漸漸的，竟然讓漁夫忘了捕魚。有時，他聽得入了迷，便呆呆的坐在船上，直到海上升起薄霧，月亮在他身上灑滿銀白月光。

一天晚上，他又把小美人魚叫喚出來，對她說：「小美人魚，小美人魚，我愛你。請你做我的新娘吧！」

可是小美人魚搖搖頭，說：「你有著人類的靈魂，要是你肯放棄自己的靈魂，我才能愛你。」

年輕漁夫心想：「我要靈魂有什麼用呢？它既看不見，又摸不著。為了幸福，那我還是不要它了。」於是，他站在船上，向小美人魚伸出雙手，大聲說：「我會送走我的靈魂。這樣，你就可以嫁給我，我就能做你的新郎。我們一起住在海底吧！你歌唱過的每個地方，我都想去看看。你的心願，我也都會為你實現。我們一輩子永不分開。」

小美人魚害羞的笑了，用雙手捂住自己的臉。

「可是，我該怎麼送走自己的靈魂呢？」漁夫說。

「哎呀！這我不知道。」小美人魚說：「因為，我們人魚是沒有靈魂的。」說完，她若有所思的看著他，然後沉入了海底。

第二天，太陽才剛從地平面升起，年輕漁夫就來到神父家。他跪在燈芯草墊子上，對神父說：「神父啊！我愛上了一個小美人魚。可是，我只有送走自己的靈魂，才能和她在一起。請您告訴我，怎樣才能送走靈魂呢？靈魂既看不見又摸不著，它對我來說根本沒有任何價值。」

神父吃了一驚：「天啊！你肯定瘋了，要不然就是中毒了。靈魂是人最高貴的一部分，它是上帝賜予我們的。這個世界上，沒有比靈魂更珍貴的東西了，就連國王的紅寶石都比不上它。我的孩子，請你不要再胡思亂想了，因為這實在是無法被饒恕的罪過啊！你可不能和人魚打交道，免得一起沉淪。」

聽完神父的話，漁夫淚水盈眶，對神父說：「神父啊！雄人魚能快樂的彈奏豎琴，他們過得多麼快樂。求求您，讓我像人魚一樣生活吧！至於我的靈魂，我留它有什麼用呢？」

「肉體的愛是邪惡的。」神父皺著眉說：「就像海裡的女妖，總是用自己的聲音誘惑別人，她們是不會進天堂的。」

「神父啊！」年輕漁夫說：「我不知道您在說什麼。我深愛海王的女兒，為了她，我寧可捨棄自己的靈魂，放棄去天堂。請您告訴我，我怎樣才可以送走自己的靈魂呢？」

「走吧！走吧！」神父大聲的說：「你的情人是沒有靈魂的，你要是跟她在一起，也會一起墮落的。」說完，神父便把他趕出門。

年輕漁夫從神父那裡出來後，踽踽獨行來到市場。看到他愁容滿面的模樣，一名商人走了過來，問道：「你想賣東西嗎？」

漁夫回答：「我把我的靈魂賣給你吧！我真的不需要它，我甚至討厭它，它對我一點用也沒有。」

商人便對他開玩笑說：「我要你的靈魂有什麼用？它連一文錢都不值。要不然你把身體賣給我們，做我們的奴隸。我們會給你穿上藍紫色的衣服，給你戴上戒指，讓你去做女王的侍從。」

年輕漁夫聽了很吃驚，自言自語道：「太奇怪了！神父告訴我說：靈魂是最珍貴的東西，可是商人們卻說它一文不值。」然後，他離開市場，漫步來到海邊，靜靜的沈思。

中午的時候，他突然記起來曾經有個朋友告訴自己，海灣口的洞穴裡住著一位年輕的女巫，巫術十分高明，也許她能幫助他實現願望。於是，漁夫趕緊跑到女巫的住處。沒想到，年輕的女巫早已在洞口等他。她留著一頭長長的紅髮，手裡拿著一枝開花的野毒芹。

女巫笑著對他說：「我有一支小蘆管，只要吹起它，就能讓魚兒自己鑽進你的網裡；我還能製造風暴將船隻打翻，再把珠寶箱沖上岸；我還能幫你找到一朵花，只要擁有它，便能讓你的夢中情人一眼愛上你。不過，這些都是有代價的。告訴我你要什麼？我能給你任何你想要的。」

「我只有一個小小的請求。」年輕漁夫說：「人們說你很邪惡，可是，不管你要什麼，我都會給你，只要你能幫我實現願望。」

「那麼，你要我幫你實現什麼願望呢？」年輕女巫問道。

「我想送走我的靈魂。」年輕漁夫回答道。

女巫的臉一下子變得慘白，渾身發抖，低聲說：「這是多麼可怕的念頭啊！」

「我要是告訴你該怎麼做，你能給我什麼好處呢？」女巫用她那美麗的眼睛望著漁夫問道。

「五個金幣。」他說：「外加我的漁網，我那間柳條搭建的房子，還有那艘彩色的漁船。只要你肯告訴我怎麼擺脫我的靈魂，我就把我所擁有的都給你。」

女巫訕笑著說：「我能把秋天的樹葉變成黃金，把銀白的月光製成銀子，甚至讓人變得比國王還富有，擁有無邊無盡的疆土。」

漁夫急躁的叫了起來：「天啊！你既不要金子，又不要銀子，那麼我還能給你什麼？」

女巫微笑著說：「你必須跟我一起跳舞。」

「就這麼簡單？」年輕漁夫驚訝的問道。

「是的。」女巫把漁夫拉到自己身邊，在他的耳邊低聲說：「等到月圓的時候，我們找個祕密的地方共舞。今天晚上，你就在鵝耳櫪樹下等我。要是有黑狗衝著你跑過來，你就用柳條抽打牠，牠就會跑開的。要是有貓頭鷹跟你說話，你千萬別答

話。靜靜地等候月圓時，我就會過來，跟你在草地上跳舞。記住，你一定要來，今天是安息日，『他』會來的。」

「他是誰？」年輕漁夫問。

「別問那麼多，你來就行了。」女巫對他說。

「那麼，你發誓，一定會告訴我怎麼把我的靈魂送走嗎？」漁夫又問。

女巫點點頭說：「我以山羊蹄發誓，我一定會遵守諾言。」

「你真是最好的女巫了。」年輕漁夫高興的大叫，「今晚我一定過來。這對我來說不過是小事一樁。」說完，他便開心的跑回城裡去了。

女巫看著他漸漸離去，直到消失不見才回到自己的洞穴裡。「他本來應該是我的。」她自言自語道，「我和她一樣漂亮。」

那天晚上，月亮升起後，年輕漁夫就來到山上的鵝耳櫪樹下。月光下的海灣就像一面閃閃發光的盾牌，靜靜的躺在他的腳下。遠遠看去，一些漁船在海灣中慢慢移動。不一會兒，一隻瞪著黃色大眼睛的貓頭鷹咕咕的叫喚著他的名字。可是，他完全不理會。沒過多久，一隻黑狗跑過來，對他叫個不停。他用柳枝抽打牠幾下，狗便「嗚嗚」叫著逃走了。

到了午夜，一群女巫像蝙蝠一樣從空中飛了過來。當她們落到地面的時候，馬上驚叫起來：「啊！有陌生人！」後來，那個年輕女巫也來了。她穿了一件繡著孔雀眼的金絲縷衣，帶著一頂綠色的天鵝絨帽。

其她女巫看到她的時候，尖聲問道：「他在哪裡？他在哪裡？」年輕的女巫淺淺一笑，走到鵝耳櫪樹下，拉起漁夫的手，把他帶到月光下，一起跳起舞來。

他們轉了一圈又一圈，跳得越來越快。地好像旋轉了起來，他覺得頭暈暈的。突然間，他感到一股巨大的恐懼感，好像有什麼東西正惡狠狠的盯著他。好像岩石的陰影下正站著一個人，可是，那裡原本沒有人。

後來，他看清楚了，那是個男人，一個年輕的男人。漁夫呆呆的盯著他，好像中了魔法似的。

「來！我們去朝拜他！」年輕女巫忽然拉起他的手，向那個人走去。當他們走到男子面前時，不知道為什麼，年輕漁夫在胸口劃了一個十字，並呼喚天主聖名。

他這麼一做，所有的女巫發出了像老鷹一樣的尖叫聲，臉色蒼白，爭先恐後的飛走了。那個男人走進一片樹林，吹起口哨，召來一匹小馬。他跳上馬鞍奔馳而去之前，還轉身望了一眼年輕漁夫。

紅髮的女巫也想飛走，可是漁夫拉住了她。

「放我走吧！」她叫道，「你說了不該說的名字，做了不該做的動作。」

年輕漁夫皺了皺眉頭，說：「你必須遵守你的諾言，否則我就會要了你的命，因為你是一個假女巫。」

女巫的臉色慘白，渾身顫抖，喃喃的說：「好吧！反正是你的靈魂，又不是我的。你想怎麼處置就怎麼處置吧！」然後，她給了漁夫一把綠色蛇皮刀柄的小刀。

「這把刀有什麼用？」他問道。

女巫露出奇怪的微笑說：「其實，人的影子，並不是身體的影子，而是靈魂的身體。只要你背對著月亮站在海灘上，用這把刀從你的雙腳四周將影子切下來，你的靈魂便會離開。」

聽到這番話，漁夫的靈魂從身體內呼喚他，說：「喂！我跟了你這麼多年，你為什麼要把我趕走？我做錯了什麼？」

年輕漁夫笑著說：「你並沒做錯什麼，不過我現在不需要你了。世界很大，你想去哪裡就去哪裡，但請你別來煩我，因為我的愛人正在召喚我呢！」

他的靈魂苦苦的哀求他，可是他一點也不理會。

「那麼，如果你真要把我趕走，就把你的心給我吧！」靈魂接著說：「否則我無法活下去，因為這個世界太殘酷了。」

漁夫搖搖頭，說：「要是我把我的心給你，我怎麼去愛我的愛人呢？我的心只屬於我愛的人，你走吧！我再也不需要你了。」說完，他便用小刀把影子切了下來。影子站在他的面前，和他長得一模一樣。

「再見！」漁夫說。

「我每一年都會來看你一次的。」靈魂說：「也許，你會需要我。」

「你來也沒什麼用，不過，隨你的便吧！」漁夫說著，便鑽進海裡，和他最愛的小美人魚生活在一起。

接下來的每一年，靈魂都會來到海邊，召喚年輕漁夫，給他講自己在外面世界遇到的種種事情。

第一年，靈魂離開漁夫後一直向南走，憑著自己的才智得到「智慧鏡」。如果漁夫允許它再進入他的身體，他就會變成世界上最聰明的人。不過，漁夫認為，愛情比智慧更好，因此拒絕靈魂的要求，又沉入了海底。

第二年，靈魂離開漁夫後一直往東走，又巧妙的擁有了數不清的財富。但是，漁夫還是不允許靈魂回到自己的身上，因為他覺得愛情比財富更好。

第三年，靈魂又來找他，它告訴漁夫說：「在某個城市的客棧裡，有一個帶著面紗的少女能跳出極其美麗的舞蹈。她總是光著雙腳，在毯子上跳來跳去，就像一對小白鴿。」

年輕漁夫聽了它的話，想到小美人魚沒有腳，根本不能跳舞，他就被吸引了，便立即同意讓靈魂回到自己的身體。他們匆匆離開大海，當天晚上就來到一個城市。

天已經黑了，漁夫在市場上休息時遇上一個好心的商人。商人把他帶回自己家，拿來玫瑰香水讓他洗手，又送來可口的甜瓜給他解渴，之後又給他端來一碗米飯和一塊烤羊肉。

吃完以後，商人請他去客房休息。年輕漁夫謝過主人，便回房休息了。天還沒亮的時候，靈魂叫醒漁夫：「起來，快去商人的房間，殺死他，拿走他的金子，因為我們需要那些金子。」

年輕漁夫從床上起來，拿起刀走進商人的臥室。他的刀剛碰到商人的脖子，商人突然驚醒，大聲喊道：「我好心款待你，你卻要恩將仇報嗎？」

「砍他！」漁夫聽到靈魂對他這麼說，便一刀砍了下去，拿起金子逃出屋。

跑出去沒多遠，漁夫便捶打著自己的胸膛，對靈魂咆哮：「你為什麼讓我這麼做？」靈魂回答：「你把我送進這個世界的時候，並沒有給我一顆心，難道你忘了嗎？因為沒有心，我就學會做壞事。」

「你說什麼？」年輕漁夫氣得渾身發抖：「你用種種誘惑來引誘我，讓我忘記我的愛人，還讓我走上罪惡的道路。我不需要你，現在我就要把你送走！」可是，當他拿出小刀試著把靈魂切下來的時候，什麼都沒發生。

「女巫的魔法不再靈驗了！」靈魂笑道，「一個人一生只能把他的靈魂送走一次，要是他收回了自己的靈魂，就再也不能擺脫他了。」

年輕漁夫聽了，傷心的痛哭失聲：「可惡的女巫！竟然沒有把這件事情告訴我！」他知道已經無計可施，這個邪惡的靈魂將會糾纏他一輩子。

隔日天亮時，漁夫對他的靈魂說：「我要綁住自己的雙手，免得受你擺布去做壞事。我要回到小美人魚過去為我唱歌的海灣，呼喚她上來，向她坦白我做錯的事以及你的種種惡行。」說完，他站起身，頭也不回的走了。

一路上靈魂不斷的誘惑他，在他耳朵邊講著可怕的事情：「世上比她漂亮的美人很多，跟我走，我帶你去見她們。你何必為這種事感到罪惡呢？難道美味的食物不是給人吃的嗎？難道甘甜飲料裡摻了毒藥嗎？不要自尋煩惱了，跟我到另一個城市去吧！」不過，這些再也引誘不了漁夫。因為，愛情的力量太強大！

年輕漁夫再次來到海邊，大聲呼喚心愛的小美人魚，懇求她的原諒。可是，她一直沒有出現。無論是在黑夜的暗紫色波濤中，或是在晨曦的金色浪花裡，都不見她的蹤影。

漁夫在岩石的裂口處，以柳條為自己編造了一間屋子。在海邊找遍所有人魚曾出現過的地方，一聲聲的呼喚，等了一年又一年。

有一天，從海洋中傳來一聲悽愴的哀號，就像人魚死去時發出的悲鳴。年輕漁夫驚愕的跳起來，衝向海邊。黝黑的浪濤不斷翻攪，浪花上托著一個雪白的東西，像一朵白花載浮載沉、忽隱忽現。最後，波浪將它送上岸，擱在沙灘上。

漁夫走近一看，發現小美人魚的身體，靜靜的躺在那裡，一動也不動。她死了！漁夫傷心欲絕，撲倒在小美人魚身邊，對她懺悔不已。他將她冰冷的身體擁入懷中，將滿腔的苦澀傾訴在她耳中。她的嘴唇是冰冷的，但他依舊吻著它。她的頭髮是鹹膩的，可是他仍然品嚐著它。他吻著她緊閉的雙眼，流下的淚水，比她眼角垂掛的浪花還要鹹澀悽苦。

這時，海王的宮裡又響起痛徹心扉的哀號，遙遠的海面傳來海神們悲戚的號角聲。

黑沉沉的浪頭又打了過來，翻騰的浪花越來越近，一隻隻從海底伸出的魔爪，向漁夫伸了過來。

「快逃吧！」靈魂說：「再不逃，你會被淹死的。快逃到一個安全的地方去吧！你該不會不送給我一顆心，還要把我送到另一個世界上去吧？」

靈魂苦苦懇求他離開，但是他不肯，他不斷的對小美人魚說著：「我不該離開你的！現在，我將跟隨你一起離去。」他的一顆心碎了，靈魂找到入口鑽了進去，終於和漁夫合而為一。

突然，巨浪的魔掌襲來，吞噬了年輕漁夫的生命。

第九章　星之子

很久很久以前的一個夜晚，兩個貧窮的樵夫在回家的路上經過一片松樹林。當時正值冬天，天氣非常冷，地上和樹枝上都積滿著厚厚的雪。

天氣實在寒冷，連鳥獸都不知道該怎麼辦才好。

灰狼夾著尾巴，蹣跚的走著，嘀咕道：「真是個怪天氣！」

住在高聳杉樹上的小松鼠們緊緊的貼在一起互相取暖，野兔們也蜷縮在洞裡，不敢出門。

兩個樵夫努力的往前趕路，不停的對著雙手呵氣取暖，並一個勁兒的跺腳，在雪白的大地上，留下努力行進的軌跡。有一次，他們一不小心陷進雪坑，等他們爬出來的時候，渾身都沾滿了雪，白得就像磨坊裡的磨坊師傅從麵粉堆裡走出來一樣。

還有一次，他們走在光滑的冰面上，不小心滑了一跤，柴火散了一地。後來他們還差點迷路，為此害怕得不得了，因為要是凍僵昏睡了過去，會是一件很可怕的事情。他們只好按原路返回，小心翼翼的走著，最後走出樹林，看到山下村子裡的閃閃燈光。他們高興的大叫，眼中閃爍著淚花。

可是，興奮退去後，愁苦又湧上了心頭。想到自己的貧窮生活，一個樵夫便對他的夥伴說：「我們為什麼要這麼高興呢？生活對我們這些窮人來說多麼艱難！倒不如凍死在樹林裡，或者讓野獸吃了我們算了。」

「是啊！」他的夥伴說：「有人天生富有，有人卻終身貧窮。只有愁苦是公平的啊！」

正當他們為自己歎息的時候，一件奇怪的事發生了。天上突然掉下來一顆很美、很亮的星星。它從天際劃過，好像落在不遠處的一棵

柳樹後面。

「啊！誰要是找到它，一定能得到很多金子！」他們大叫著急奔過去。

等他們追過去，走近一看，發現雪地上確實有一個金色的東西，是一件金線斗篷，他們打開一看，發現裡面竟是一個熟睡的男孩。

其中一個樵夫說：「天啊！一個小孩對我們兩個大男人又有什麼好處呢？我們的運氣太差了！要不然，我們還是把他丟在這裡吧！我們養不起他的。」

可是，另一個樵夫說：「不行，把他丟在這裡，他一定會凍死的。雖然我們都是窮人，要養活好幾口人，家裡也沒什麼吃的，但是，我還是要把他帶回家，我相信，我的妻子會照顧他的。」

他輕手輕腳的抱起孩子，用斗篷裹住他，免得他在這寒冬裡著涼。然後，他們便一起下山了。

回到村裡後，他的夥伴對他說：「既然小孩歸你，那麼你把斗篷給我吧！我們應該平分的。」

他便回答說：「不行，斗篷既不是你的，也不是我的，它屬於這個孩子。」說完，他告別了夥伴，抱著孩子回到自己的家。

他的妻子看到這個孩子，非常生氣抱怨的說：「難道，你嫌家裡的小孩還不夠多嗎？居然又帶回了一個！誰知道這個孩子會不會給我們帶來厄運？還有，我們拿什麼養活他呢？」

「可是，這是一個從星星而來的孩子啊！」她的丈夫把事情的經過都告訴妻子。不過，她還是非常生氣，繼續嚷嚷道：「我們自己的小孩都要餓肚子了，還要養別人的孩子！你說，誰來照顧我們呢？」

樵夫堅持要把孩子留下來，站在門外一動也不動，冰冷的風吹進門內，讓樵夫的妻子打個哆嗦，顫抖著問他：「還不趕快進來，把門關上啊！風這麼冷，我都快凍死了。」

「屋內有人鐵石心腸，那些吹進來的風，不也都是冰冷的嗎？」他嚴厲的說。

過一會兒，他的妻子實在看不下去，心疼得滿眼淚水，趕緊讓丈夫進屋來。她把孩子抱在自己的懷裡，把他放到小床上，和自己的孩子睡在一起。第二天，他們把那件金色斗篷和孩子脖子上的琥珀項鍊放進櫃子，收了起來。

就這樣，星之子和樵夫的孩子一起長大了，他們在同一張桌子上吃飯，並一起玩耍。他一年比一年長得英俊，連村子裡的人都覺得驚訝。為什麼別人都皮膚黝黑，他卻白晰如象牙一般，還有一頭金髮。

不過，他的俊俏模樣卻為他帶來惡果：他驕傲、自私又殘酷，既看不起樵夫的子女，也瞧不起村裡面的其他孩子。他認為他們都是出身卑微的人，而他自己是個高貴的人，因為他是從一顆星星中誕生的。對那些窮人、殘疾人或是生病的人，他根本沒有同情心，甚至還拿石頭攻擊他們，把他們趕得遠遠的。他也看不起弱小的和醜陋的人，總是拿他們開玩笑。在沒有風的時候，他會來到牧師的果園裡，在水井邊照著自己那張漂亮的臉，得意的笑出聲。

他的養父母常常責備他說：「你也曾是孤兒，我們從來沒有像你對待那些無助的人那樣對待過你，可是你為什麼要這麼殘酷的對待他們呢？」

老牧師也總是勸導他，說：「萬物都是上帝創造的，你為什麼要給上帝創造的這個世界帶來痛苦呢？」

可是，星之子並不理會他們，總是擺出一副高高在上的樣子，和他在一起的孩子也變得心高氣傲、鐵石心腸。

有一天，一個窮苦的女人來他們村裡討飯。她穿著一身破舊不堪的衣服，光著的腳被路上的石子磨破出血。疲累不堪的在一棵栗子樹下休息。

星之子看到她，卻對自己的朋友們說：「看！有一個骯髒的討飯婆坐在那棵美麗的

樹下。快！我們把她趕走，她實在是太醜陋了！」

於是，他們走近她，朝著她丟石子。那個女人非常害怕，用驚恐的眼神望著他。這時，樵夫剛好在附近砍柴，看到孩子們的舉動，立刻跑過去制止，並責備道：「你太殘忍了，難道就沒有一點憐憫之心嗎？看看你對這個可憐的女人做了什麼！」

星之子聽了，氣得漲紅臉，跺著腳說：「你是誰，憑什麼管我？我又不是你的兒子，我才不聽你的話。」

「是啊！我的確不是你的父親。」樵夫回答說：「可是，我當初就是因為憐憫你，才把你從樹林裡帶回家的。」

女人一聽，大喊一聲後就暈了過去。樵夫立刻把她家裡，請妻子照料她。她醒來後，又拿食物和水招待她。

不過，她不肯吃，也不肯喝，卻向樵夫問道：「剛才，你是不是說這個孩子是你在樹林裡發現的？是不是恰巧就是十年前的今天？」

樵夫回答說：「是的，我在一個林子裡發現他，就在十年前的今天。」

「他身上是不是有什麼信物？」她接著問：「他的脖子上是不是掛著一串琥珀項鍊，他身上包著的是不是一件繡著星星的金色斗篷？」

「沒錯。」樵夫答道：「就和您說的一模一樣。」然後，他從櫃子裡找出金斗篷和項鍊，並上前拿給女人看。

她看後喜極而泣，說：「他就是我在樹林裡丟失的小兒子。求求你快讓他進來吧！為了找他，我已經走遍了所有地方。」

於是，樵夫和他的妻子連忙出門，把他叫了回來，告訴他：「快進屋來，你的親生母親正在裡面等你。」

星之子聽了，開心的跑進屋，卻發現裡面坐著那個貧窮的討飯婆。

女人對他說：「孩子，我就是你的母親。」

「你瘋了嗎？」星之子生氣的大叫：「我不是你的兒子！你是個又窮又醜的討飯婆！滾開，別讓我再看到你！」

「不，你真的是我的兒子。」她跪在地上，哭著說：「是強盜把你偷走丟在林子裡的。剛剛看到你的時候，我也不敢相信我的眼睛。但我知道你就是我的兒子，而且還有那些信物。我遍尋各地，就是為了找到你。你跟我走吧！因為我愛你。」

可是，星之子卻無動於衷，他的心硬得就像石頭一樣。

最後，他對自己的母親說：「你要真是我的母親，那麼，你還是走得遠遠的吧！別在這裡給我丟臉。因為，我是星星的孩子，絕對不是什麼討飯婆生的。快走！別再讓我看見你。」

「那麼，在我走之前，我可以親親你嗎？我的孩子！」女人問道。

「不行！」星之子大聲叫道：「你這麼醜陋難看，我寧可親毒蛇，親蛤蟆，也不會親你！」

女人最後離開了，悲痛欲絕的走進樹林。星之子倒是很高興，回頭去了夥伴身邊，想和他們一起在花園裡玩耍。

可是，當他們見他走過來，卻嘲笑他說：「看看你，就像蛤蟆一樣難看，像毒蛇一樣惡毒。滾開！別和我們一起玩！」然後，他們把他趕出了花園。

星之子聽了，覺得很奇怪，喃喃自語：「到底怎麼回事？我要到水井邊去看看，水井會告訴我，我有多麼漂亮！」

於是，他來到井邊，往水裡一看。天啊！他的臉居然真的就像蛤蟆一樣醜陋，身上也像毒蛇一樣長滿鱗片。他撲倒在地上痛哭著說：「報應啊！這都是因為我犯了這麼大的罪過！我居然不肯認自己的親生母親，我對她的態度那麼傲慢，那麼殘忍。我必須找到她，就算走遍天涯海角，我也要找到她。」

樵夫的小女兒跑到他身邊，安慰他說：「失去美貌也沒關係。留下來吧！我不會嘲笑你的。」

星之子回答她：「不，我必須找到我的母親，請求她的饒恕。」

話一說完，他跑進樹林，不停的呼喚著母親，可是，他沒有得到任何回應。太陽下山後，他便躺在落葉堆上睡著，除了蛤蟆和毒蛇，其他生物都害怕得紛紛走遠的。

第二天早上，醒來之後，他就從樹上摘了幾個苦果子吃，然後一邊哭著一邊往前走。不管遇到什麼動物，他都會向牠們打聽母親的下落。

他問鼴鼠：「你能在地下暢行無阻，請你告訴我，我的母親在哪裡好嗎？」

鼴鼠說：「你早就弄瞎我的眼睛，我怎麼可能知道呢？」

他問梅花雀：「你能飛上高空鳥瞰地面，你知道我的母親在哪裡嗎？」

梅花雀說：「你就早就折斷我的翅膀，我怎麼能再飛到天上呢？」

後來，他又向那隻住在巨大杉樹上的小松鼠打聽母親的下落。

小松鼠說：「你已經殺死我的母親，現在，你也想殺了你的母親嗎？」

男孩低下了頭，哭著懇求動物們原諒他。然後，他又繼續上路。第三天，他走出樹林，進入了平原。

當他走進村莊，孩子們都會嘲笑他，拿石頭丟他，也沒有人敢收留他。就這樣他走了整整三年，幾乎走遍他所能走的，卻仍然沒有找到自己的母親。他總是又冷又餓，從沒吃飽一頓飯。

有一天，他偶然碰到一個和善的老人把他帶回家。不過，老人一到家便露出真面目，把男孩關進地牢裡，還把他當奴隸使喚。

原來，這個老人是個邪惡的魔法師，他讓星之子為他賣命。某一天，他惡狠狠的對星之子說：「在城外的森林裡，有三枚硬幣。一枚是白色，一枚是黃色，還有一枚是紅色。你去幫我把它們找來，找不到的話，我就打你三百大板。」

男孩按魔法師的吩咐，走出城外，來到森林裡。可是，他找了大半天，還是沒有發現那幾枚硬幣。

在他準備走出森林時，突然聽見樹叢裡一聲慘叫。他馬上跑到發出聲音的地方，看見一隻兔子被陷阱給捉住了，男孩很同情它，便把他救出來。

兔子問：「你想讓我怎麼報答你呢？」

男孩說：「我在找三枚硬幣，要是找不到它們，我的主人便會打我。」

「跟我來吧！」兔子說：「我帶你去，我知道它們藏在哪裡。」

於是，星之子跟著兔子走。最後他在一棵老橡樹的裂縫中，找到了那枚白色硬幣，在一個水池旁邊找到那枚黃色硬幣，在一個山洞的角落找到那枚紅色硬幣。

男孩謝過兔子，準備回到魔法師的住處。不過，他在路上碰到一個痲瘋病人，他實在是可憐，幾乎沒有錢吃飯。男孩十分同情他，便把三枚硬幣都給了他，並說：「你比我更需要它們。」不過，他覺得心情十分沉重，因為他知道自己將面臨一頓毒打。

可是，當他走到城門口的時候，所有的士兵竟然都對他鞠躬，行禮，口中喊道：「國王萬歲！國王萬歲！」市民們也高呼：「我們的國王真是世界上最漂亮的人啊！」星之子聽見，哭了起來，以為他們是在嘲笑他。後來，他被人群簇擁著來到了皇宮前的廣場。

皇宮的大門緩緩開啟，所有大臣都走出來向他行禮，說：「敬愛的國王，我們等您很久了！您就是我們國王的兒子，是王位繼承人。」

星之子說：「我並不是什麼國王的兒子，我只是個討飯婆的兒子。而且，我一點兒也不漂亮，我知道，我長得奇醜無比。」

一旁舉著盾牌的侍衛大感驚訝的說：「我們的國王怎麼會說他自己不漂亮呢？」

星之子朝他望去，從他閃耀的盾牌上，看到一張俊美無比的臉。他又恢復往日的模樣，甚至比以前更加英俊了！

大臣們簇擁在他的四周圍，請求他接受王冠和權杖，以正義和仁慈來統治他們的國家。

不過，星之子說：「我不配做你們的國王。因為，我連自己的親生母親都不肯相認。要是找不到她，得不到她的饒恕，我是不會留在這兒的。」，他隨即轉身準備離去。就在這時，他看到那位討飯婆，也就是自己的母親，在侍衛的保護下朝他走來，她的身邊正站著那個痲瘋病人。

他發出一聲興奮的歡呼，連忙跑上前去，跪在母親的腳下，親吻她每一處傷口，用自己的淚水為它們清洗。他低著頭，哭著說：「母親，請您原諒我吧！」

他的母親和那個痲瘋病人雙雙將手放在他的頭上，說：「起來吧！孩子。」

星之子站起身，望向他們。啊！原來他們便是國王和王后。

他們俯下身，親吻他，將他帶進皇宮，給他穿上華美衣裳，把皇冠戴在他的頭上，也將權杖交在他的手中。從此，他以正義和仁慈統治著這座城。他趕走了那位邪惡的魔法師，還送了很多珠寶給養育他的樵夫和他的妻子。他還不允許人們虐待動物鳥禽，讓窮人得以溫飽，讓這個王國充滿祥和安樂。

關於王爾德

"We are all in the gutter but some of us are looking at the stars"

「我們都生活在陰溝裡，但依然有人仰望星空」

倫敦市中心西敏市，在特拉法加廣場和查令十字車站之間，上有一塊紀念王爾德的雕塑這樣寫道。

奧斯卡·王爾德，作為維多利亞時期末期【註一】，唯美主義的代言人，以及十九世紀末倫敦藝文界名人，而今天我們將帶你更加深入的認識王爾德。

一八五四年，奧斯卡·王爾德出生在愛

與奧斯卡·王爾德對話

爾蘭都柏林的學術世家，父親是位外科醫生，母親是位詩人及作家，值得一提的是母親也是位愛爾蘭獨立運動支持者。

王爾德九歲前一直在家裡接受教育，有一位法國保母和一位德國家庭女教師教他們基礎的語言。一八六四年至一八七一年間，他與哥哥威利一起就讀波托拉皇家學校(Portora Royal School)。在學校時，王爾德雖然不像他的哥哥那樣受歡迎，但他的幽默風趣給當時的同學留下了深刻的印象。以及他講述的富有創意的學校故事。後來，他聲稱他的同學因他的快速閱讀能力而將他視為神童，聲稱他可以同時閱讀兩頁，並在半小時內讀完一本三卷的書，保留足夠的資訊來對情節進行

與奧斯卡・王爾德對話

基本說明。他在學術上表現出色，尤其是在古典學科方面，一八六九年他在學校排名第四。他在口譯希臘語和拉丁語文本方面的才能為他贏得了多個獎項，一八七一年時，他是波托拉僅有的三名獲得三一學院皇家學校獎學金的學生之一。

王爾德自都柏林三一學院【註二】畢業後，獲得獎學金，於一八七四年進入牛津大學莫德林學院。在求學期間，王爾德因其在美學和頹廢運動中的作用而特別出名。他留著長髮，蔑視「男子氣概」的運動，儘管他偶爾打拳擊，王爾德曾遭到四位同學的人身攻擊，但他單槍匹馬地對付了他們，這讓批評者感

奧斯卡·王爾德

到驚訝。到了第三年，王爾德才真正開始在同儕中嶄露頭角。他慢慢展現出與他人不同，王爾德受到華特．佩特【註三】及約翰．拉斯金【註四】的審美觀念影響，並接觸新黑格爾派哲學【註五】、達爾文進化論等等作品，這為他之後成為唯美主義先鋒作家確立了方向。

從牛津大學畢業後，王爾德回到都柏林，在那裡他再次遇到了青梅竹馬弗洛倫斯．巴爾科姆。但她與其他人訂了婚，並於一八七八年結婚。王爾德很失望，但他很堅忍：他寫信給她，回憶起「那兩年甜蜜的歲月——我所有青春中最甜蜜的歲月」，在這段期間他們關

王爾德的妻子與孩子

係親密。他也表示他打算「返回英國，可能會永遠返回」。他於一八七八年這樣做了，此後只短暫訪問過愛爾蘭兩次。

由於不確定自己的下一步，王爾德寫信給不同的熟人詢問牛津或劍橋古典學的職位。《歷史批評的興起》是他角逐一八七九年總理論文獎的作品，儘管他不再是學生，但仍有資格參加該獎項。它的主題「古代人的歷史批判」對王爾德來說似乎是信手拈來—無論是他的寫作技巧還是古代知識—但他很難在冗長、平淡、學術的風格中寫出自己的風采。

王爾德與波西，也是王爾德受審的原因

之後，他帶著出售父親房屋所得的最後一筆遺產，在倫敦開啟了黃金單身漢生活。一八八一年英國人口普查調查時，王爾德的戶籍列在切爾西蒂特街1號（現為四十四號）。同年，他在倫敦經人介紹，認識了康斯坦斯．勞埃德（Constance Lloyd）。一八八四年，她正好訪問都柏林，當時王爾德也在劇院演講。王爾德向她求婚，他們於五月二十九日在倫敦帕丁頓的聖公會教堂結婚，婚後，這對夫婦育有兩個兒子西里爾（Cyril）和維維安（Vyvyan）

維多利亞女王

說起他的朋友，莉莉．蘭特里（Lillie Langtr），在倫敦上流社會享有盛名，經人介紹認識了王爾德。蘭特里是英國當時的社交名媛，早年在倫敦時，蘭特里對王爾德非常重視，多年來，他們一直是親密的朋友；王爾德在倫敦的時候，也會教導她拉丁語，後來鼓勵她從事演藝事業。她在自傳中寫道，王爾德擁有一種非常迷人和引人注目的個性，他的言論的巧妙性從他的表達方式中獲得了附加價值。

自從他進入三一學院以來，他一直在雜誌上發表歌詞和詩歌，在出版首本《詩集》後，在文壇嶄露頭角，並移居倫敦，王爾德並沒有獲得一個文學獎項，但服裝惹眼、談吐機智、特立獨行的他在倫敦社交界已經小有名氣，王爾德非常喜歡時尚，曾在演講中提到「時裝是一種讓人無法忍受的醜陋，所以我們必須每六個月換一次」（Fashion is a form of ugliness so intolerable that we have to alter it every six months.）可見他對美的追求是不斷的精進，甚至有雜誌刊登著諷刺他與唯美主義服飾信徒之文章。

一八七七年，王爾德成為一家婦女雜誌社的執行總編輯，一八八六年創刊的"Lady's World: A Magazine of Fashion and Society"也順勢將雜誌名更改為"Woman's World"，這本雜誌推崇唯美主義服飾（Artistic Dress），這種服飾拒絕緊身、束腰及為了讓裙子撐起來的骨架，而是使用前工業時期染料和技藝，搭配中國、日本、中東乃至世界各地的不同布料，主張兼具美感和舒適度的健康衣著。除此之外，王爾德也會在雜誌上發表一些評論和詩。但在雜誌社工作了一兩年後，生性浪漫與自由的他，實在受不了日常上下班的生活，最後在一八八九年辭去工作。綜觀王爾德的作品以詞藻華美、立意新穎和觀點鮮明聞名，但真正讓他一躍枝頭成為名流的是他的戲劇作品，這一時期的倫敦劇院時時刻刻都能看見他的作品。

審判

在他聲名大噪時，當出自他手的喜劇《不可兒戲》"The Importance of Being Earnest"仍在倫敦上演時，王爾德被告曾「與其他男性發生有傷風化的行為」進而被捕和受審。經過兩次審判後，他被定罪並判處兩年苦役，並於一八八五年至一八九七年間入獄。在獄中的最後一年，他寫了一封長信《自深深處》"De Profundis"，講述了他在考驗中的精神之旅，與他早期的快樂哲學形成了一個黑暗的對立面。獲釋後，他立即前往法國，再也沒有返回愛爾蘭或英國，而是前往巴黎，他也在此寫下了生命句點。

葬禮

王爾德最初被埋葬在巴黎郊外的巴紐墓地(Cimetière parisien de Bagneux)。一九〇九年，他的遺體被挖掘出來並轉移到城內的拉雪茲神父公墓（法語：Cimetière du Père-Lachaise），王爾德要求為自己的骨灰製作一個小隔間，骨灰於一九五〇年正式轉移。在最近十幾年間，清理掉了許多崇拜者在墳墓留下的口紅痕跡，並安裝了玻璃屏障以防止進一步的痕跡或損壞。

墓誌銘是生前作品《雷丁監獄歌謠》中的一首詩：

王爾德墓

And alien tears will fill for him
Pity's long-broken urn,
For his mourners will be outcast men,
And outcasts always mourn.

異類的眼淚將為他填滿
那支破碎叫作憐憫的甕，
因為，為他哀悼的會是被遺棄的人，
而被遺棄的人總是哀悼。

百年之後

王爾德去世後這一百二十餘年以來，他的名聲也像他的人生一樣跌宕起伏。雖然在他死後的一段時間裡，王爾德在英國本土幾乎絲毫不受重視，但在許多其它國家，譬如法國、美國和俄羅斯等地，都不乏紀念王爾德的活動。即使是在英國，王爾德所寫的舞台劇也仍舊很受歡迎。一九〇八年，隨著羅比・羅斯（Robbie Ross）這位王爾德昔日的摯友兼戀人出版了十四卷《王爾德全集》，他的聲譽又重新回升。

自二十世紀六十年代起，王爾德的作品不斷地被重新審視，他被視為每位大學生們都應研讀的作家。隨著一九六五年英國同性戀的合法化，王爾德成為了新一代眼中追求性解放和公民自由的標杆人物。身為作家的王爾德也影響了眾多劇作家，以及其它千千萬萬的人。

即使對於從未欣賞過王爾德戲劇或小說的人來說，他的名字依然是一個有力的標誌。這不僅是因為王爾德的人生經歷，對全世界同性戀和性權益的平權運動起著關鍵的作用，也是因為他的行動證明了，哪怕勝算渺茫，為你所相信的事情挺身而出是多麼地重要。

二〇一四年，王爾德成為舊金山彩虹榮譽步道的首屆獲獎者之一，旨在表彰「在各自領域做出重大貢獻」的 LGBTQ 人士【註六】。

唯美主義

唯美主義運動發生在十九世紀，維多利亞時代末期，當時的英國社會正處在第一次工業革命後，推動人類社會的偉大發明「蒸汽機」被工廠大量應用，英國工業實力在全球大幅領先，英國也靠著其強大的海軍，在世界各處不斷的征服，收穫很多殖民地，主導了這一時期的國際貿易，社會產生了更多的工人，產業的結構也逐漸改變，各式各樣的學說與思想不停互相碰撞，。在歐洲大陸擁抱功利主義時，有一群人帶者反思，主張為藝術而藝術，追求生活中的美，聽起來很抽象吧，這些運動者否定藝術是承載道德的實用之物、而認為藝術的使命在於為人類提供感官上的愉悅，這場運動是反維多利亞風格風潮的一部分，具有後浪漫主義的特徵。

註釋

註一：維多利亞時代：一八三〇—一九〇〇。即維多利亞女皇（Alexandrina Victoria）統治期間

註二：成立於一五九二年，由英國女王伊莉莎白一世創辦和頒授特許，至今已有四百多年歷史，是愛爾蘭最古老的大學、亦是不列顛及愛爾蘭七所古典大學之一。

註三：華特．佩特（一八三九—一八九四），英國著名文藝批評家、作家。提倡〝為藝術而藝術〞的英國唯美主義運動的理論家和代表人物，文風精練、準確且華

麗，其散文和理論，在英國文學發展的歷程中，有着很高的地位。

註四：約翰．拉斯金（一八一九—一九〇〇）維多利亞時代的藝術評論家，也是英國藝術與工藝美術運動的發起人之一，他還是一名藝術贊助家、製圖師、水彩畫家、和慈善家。

註五：西方現代哲學的一個重要派別，否決唯物主義，多在於感覺和觀念方面對意識進行分析，在邏輯上則拒絕心理主義。在倫理學上，反對功利主義原則和「為義務而義務」的思想。

註六：一九九〇年代，由於「同性戀社群」一詞無法完整體現相關群體，「LGBT」一詞便應運而生、並逐漸普及。在現代用語中，「LGBT」一詞、除了狹義的指同性戀、雙性戀或跨性別族群，也可廣泛代表所有非異性戀者。另外，也有在詞語後方加上字母「Q」，代表酷兒（Queer）或對其性別認同感到疑惑的人（Questioning），即是「LGBTQ」。LGBT 現今已獲得了許多英語系國家中多數 LGBT 族群和 LGBT 媒體的認同及採用。

照片來源

1 與奧斯卡．王爾德對話
Luke McKernan, 20 October 2019, 12:39, A Conversation with Oscar Wilde" by Maggi Hambling, Charing Cross, London
https://www.flickr.com/photos/33718942@N07/48928819126
CC BY-SA 2.0

2 王爾德的妻子與孩子
Unknown author ,English: Constance Wilde with her son Cyril (1885–1915) in London, November 1889,image,https://de.pinterest.com/pin/536702480577610810/
屬於公有領域

3 王爾德雕像 __ 都柏林
CC BY-SA 3.0
Alterego, 22 December 2004, 04:43 created the source file and release it under the GFDL.
Oscar wilde in Dublin

4 Napoleon Sarony.circa1882 .photographic print on card mount: albumen
https://loc.gov/pictures/resource/ppmsca.07756/
公眾領域 PD

5 Alexander Bassano. 1882 ,Queen Victoria, 1819–1901 . Glass copy negative, half-plate,England
公眾領域 PD

6 Unknown author, 1894, Oscar Wilde et lord Alfred Douglas dit,L'image (p. 21) dans le livre La longue marche des gays par Frédéric Martel, collection « Découvertes Gallimard / Culture et société » (nº 417), description à la page 122. Éditions Gallimard, 2002
CC BY-SA 3.0

7 王爾德墓
Jeanne Menjoulet, Tombe Oscar Wilde, picture, Cimetière du Père Lachaise, Paris
https://www.flickr.com/photos/jmenj/9442748291
(CC BY 2.0)

溫故、發想、長知識

1【快樂王子】中，小燕子並沒有跟上同伴，而是陪在了快樂王子身旁，王子幫了哪三個人呢？

2【快樂王子】的最後，上帝要天使帶來城市裡最珍貴的兩件東西，請問是馬兩件呢？

3 在【少年國王】中，原本加冕時，要換上的長袍、皇冠、權杖，分別是什麼材質？

4【夜鶯與玫瑰】中，最後男孩手中的紅玫瑰，是如何誕生的呢？

5【忠實的朋友】中，小漢斯生性善良，而如此慷慨的他，最後的結局是怎樣呢？

6 作者王爾德，是哪一種主義的代言人呢？

7 在【夜鶯與玫瑰】中，男孩為了公主全心全意付出，卻沒得到回報，如果是你，你認為是愛情重要還是現實重要？

8 朋友有許多形式，【忠實的朋友】是個壞示範，你認為朋友之間最基本的道理是什麼？

9 你是個樂於分享的人嗎，在【自私的巨人】中，巨人後來了解到分享的美意，因而得到祝福，與大家分享你對分享的想法吧？

10 【了不起的火箭】中，火箭炮總是自命不凡、神色傲慢，但經歷幾番波折之後熄滅，你有理想嗎？假如理想無法實現，你會如何調適？

11 【少年國王】這篇故事告訴了我們，你的快樂可能建立在別人的痛苦之上，你認為尊貴的衣服對國王重要嗎？

12 【漁夫與他的靈魂】中，漁夫為了愛，犧牲了自己的靈魂，也讓自己在世界上無所適從，換作是你，「靈魂」和「愛」二選一，你會做出什麼選擇呢？

13 維多利亞時代也是英國強盛的時代，是什麼原因讓當時的英國稱霸世界？

14 人類文明發展至今，經歷了多次工業革命，其中是哪一項發明的改進，推動了「第一次工業革命」。

15 當時的英國，人稱日不落國，是哪一個軍種，讓英國有能力在海外收穫殖民地？

16 王爾德推崇實用又兼具美感的服飾，而你認為衣服的機能性與美觀，何者是你第一選項。

答案

1 女裁縫、寫劇本的年輕人、賣火柴的小女孩

2 鉛心、小燕子

3 金線長袍、鑲滿紅寶石的皇冠和串著珍珠的權杖

4 紅玫瑰是由夜鶯的血染紅而成

5 小漢斯最後跌落水坑而亡

6 唯美主義

7—12 題目皆無標準答案，與同學好好思想吧！

13 第一次工業革命

14 蒸汽機的出現與應用，讓人類進入工業時代

15 英國海軍

16 無標準答案，向朋友討論你喜好的衣服吧！

國家圖書館出版品預行編目 (CIP) 資料

世紀名家 ： 王爾德故事集 / 奧斯卡 . 王爾德 (Oscar Wilde) 作 . -- 初版 . -- 桃園市 ： 目川文化數位股份有限公司 , 2023.10
152 面 ; 15x21 公分
譯自 ： The happy prince
ISBN 978-626-97766-0-3(平裝)

873.59 112016542

世紀名家系列 005

世紀名家：王爾德故事集

ISBN 978-626-97766-0-3 書號：CRAA0005

作　　者：奧斯卡．王爾德
　　　　　Oscar Wilde
主　　編：林筱恬
編　　輯：徐顯望
插　　畫：索蕾拉
美術設計：巫武茂
出版發行：目川文化數位股份有限公司
總 經 理：陳世芳
發　　行：劉曉珍
地　　址：桃園市中壢區文發路 365 號 13 樓
電　　話：(03) 287-1448
傳　　真：(03) 287-0486
電子信箱：service@kidsworld123.com
法律顧問：元大法律事務所
印刷製版：長榮彩色印刷有限公司
總 經 銷：聯合發行股份有限公司
地　　址：新北市新店區寶橋路 235 巷
　　　　　6 弄 6 號 4 樓
電　　話：(02) 2917-8022
官方網站：www.aquaviewco.com
網路商店：www.kidsworld123.com
粉 絲 頁：FB「目川文化」
出版日期：2023 年 10 月
定　　價：350 元

建議閱讀方式

型式	圖圖圖	圖圖文	圖文文		文文文
圖文比例	無字書	圖畫書	圖文等量	以文為主、少量圖畫為輔	純文字
學習重點	培養興趣	態度與習慣養成	建立閱讀能力	從閱讀中學習新知	從閱讀中學習新知
閱讀方式	親子共讀	親子共讀 引導閱讀	親子共讀 引導閱讀 學習自己讀	學習自己讀 獨立閱讀	獨立閱讀